唐诗岁时记

春风吹又生

陆蓓容——编著

浙江文艺出版社
Zhejiang Literature & Art Publishing House

图书在版编目(CIP)数据

唐诗岁时记.春风吹又生/陆蓓容编著.—杭州：
浙江文艺出版社,2023.8
ISBN 978－7－5339－7258－5

Ⅰ.①唐… Ⅱ.①陆… Ⅲ.①唐诗－诗歌欣赏 Ⅳ.
①I207.227.42

中国国家版本馆CIP数据核字(2023)第102810号

策　　划	柳明晔	数字编辑	姜梦冉　诸婧琦
责任编辑	徐　全	封面设计	棱角视觉
责任校对	牟杨茜	版式设计	吕翡翠
营销编辑	余欣雅	责任印制	吴春娟

唐诗岁时记·春风吹又生

陆蓓容　编著

出版发行	浙江文艺出版社
地　　址	杭州市体育场路347号
邮　　编	310006
电　　话	0571-85176953(总编办)
	0571-85152727(市场部)
制　　版	浙江新华图文制作有限公司
印　　刷	浙江海虹彩色印务有限公司
开　　本	880毫米×1230毫米　1/32
字　　数	60千字
印　　张	6.375
版　　次	2023年8月第1版
印　　次	2023年8月第1次印刷
书　　号	ISBN 978-7-5339-7258-5
定　　价	56.00元

前　言

　　古人的岁首是元旦,春天则从立春开始。立,可以理解为"始",立夏、立秋与立冬也是同理。

　　在春天刚刚来临的时刻,唐代的诗人们会有一点点惊讶和喜悦——杜审言就曾说,"偏惊物候新"。如若你略微熟悉文学传统,就能想到,这种情感一直绵亘到明代的戏曲之中——汤显祖让柳梦梅唱出了"惊春谁似我"。

　　中国幅员辽阔,风俗处处不同。可在节气的名字指引下,每当岁序轮回到这几个日子,大家心上都能产生一点微微的共振:那些熟悉的季节,以及与它伴生的感受,又将来到我们的生命之中。

　　从某种程度上说,正因为传统历法一直使用至今,与它密切相关的节气、节日传统也都绵延未绝,我们才有与古人共享一些知识和情怀的可能性,更有可能去理解一个"中国古代诗人",在四季的阴晴雨雪中看什么,想什么,写什么。反过来想,也正因为每一代人积极、丰富和广泛的使用,才让这一套文化传统轻松地传承下去：前人也许真正依照岁时来安排年中行事，而后人至少还能借助文字，想象那种生活的滋味。

近年陆续编写了一些以唐诗宋词和历代古画为素材的日历。最初的设想，就是让文本与节令相契，绘画与文本相合，希望它们匹配得严密、真切而有趣。不过，这些窄窄的小册子都是一日诗词一日画，全年各占一半篇幅。若是每一日都共同呈现，翻阅实在不便，有负于它的"产品属性"。

五六年来，为选目而经眼的作品已不太少。也常想在诗词和绘画的陪伴下，完完整整地走过一年，以弥补过去那些"产品"的遗憾，因此动念做一本新书。日历的开本小，解说余地有限，不能处处分析古人的匠心。既是做书字数的限制少了说理的空间就大。于是精选了我最喜欢的诗，先按岁序排列，再尝试讲了些典故为何恰切，对仗为何巧妙，同一主题如何各擅胜场，相似的表达手法怎么总能奏效。也尝试比着讲：春天和秋天里，谁用了同样的手法；同一类作品，白居易怎样直接，杜牧如何宛曲。尝试连起来讲：参与了永贞革新的诗人们，星散各地，各有名篇；李白寄愁心与明月之后，王昌龄醉别江楼。这些工作好似飞花摘叶，牵丝攀藤，我在那些清词丽句的迷宫里，重温了自己年少时的旧梦。

配画也有一些新的调整。历年积攒的古画图像越来越多，可以在不同选项里挑最好的。"停车坐爱枫林晚"，选陆治画的卡通小人儿。《夜宴左氏庄》，选检书、烧烛的真实场景。找到"落日照大旗"与"雪拥蓝关马不前"的真切诗意图；再找一些群众演员，去杜甫诗里打枣摘桃子。我在绘画世界里工作的时间，已经快和读诗的少年时代等长了。所以斗胆给每幅画加上了说明，根据不同的情况，或描述画面，或介绍作者、风格和作品价值。

到写这篇小引时，书籍的内容和形式都已做过好几遍调整，编辑与设计师付出了辛勤的劳动。它以年为单位，以四季来分册。我们都希望它像真正的日脚那样轻捷，不再与具体的某岁某时固定在一起。因此所有绑定了节气的日期，都是概念化的。如同大家耳熟能详的《节气歌》所言，它们可能偶尔会和今年、明年、后年的正日子偶尔"最多相差一两天"。

如果说这样的安排里也藏着一点奢望，那就是：这部小书能在眼下的岁时中停留久一点。但愿它有机会陪人走进一些唐诗里的岁时。

陆蓓容

癸卯夏至

目
录
●

2

春

立春

据目前所知的史料，七十二候之说在秦汉时已较成熟，它本是黄河流域的物候记录。时世推移，气候变迁至今，它所描述的地域已有变化。

初候，东风解冻

二候，蛰虫始振。

早春二月，小动物还没降生，人类还瑟缩在屋里。而长眠越冬、风餐露宿的虫子，最先动起手脚，预备醒来。

三候，鱼陟负冰。

在深水里躲了一冬的鱼儿，渐渐上浮，往浅水里去。人们看见它，脊背都快挨着冰面了。

再等等，等冰渐溶泄，有一天你会看见『水面鱼身总带花』。

立春

唐·杜甫

春日春盘细生菜，忽忆两京梅发时。

盘出高门行白玉，菜传纤手送青丝。

巫峡寒江那对眼，杜陵远客不胜悲。

此身未知归定处，呼儿觅纸一题诗。

立春

　　据古代习俗，立春日用蔬菜装盘，馈送亲友，是为"春盘"。杜甫遭遇丧乱，避居成都，又迎来一个春天。当他看到朋友们送来的春盘，便想起自己当年在长安洛阳的日子。那时高门大户家家传送春盘，满眼小菜青翠欲滴，悦目怡情。如今诗人眼望茫茫江水，山高峡长，不知何时才能回乡，满心惆怅无从疏解，只能又一次写进诗中。

　　这首诗使用了一种"分承"的技法，近似于作文的"总分结构"。首句提到了"春盘"和"生菜"，于是颔联上句写"盘"，下句写"菜"，意思完整而笔法绵密。杜甫另有一首七律《吹笛》，手法完全相同，我们会在九月份读到它。

◆ 两京：唐代都城长安、东都洛阳，是为两京。
◆ 那：如何；怎么。

元·盛懋·三峡瞿塘图页

　　三峡为巫峡、西陵峡、瞿塘峡的合称。杜甫避居成都时，天天望着峡江流水，盼望回乡。画中有远山无数，江水怒涛起伏，小船儿苦苦划行。正是他当日所见的一切。

次北固山下

唐·王湾

客路青山外，行舟绿水前。

潮平两岸阔，风正一帆悬。

海日生残夜，江春入旧年。

乡书何由达，归雁洛阳边。

初春风景，令人精神振作。水岸行舟，明明只有眼前景色，却能写出开阔浩荡的空间感。日月升沉，冬去春来，明明只是自然规律，却又正是一段连续不绝的时间，所以残夜中生出了晓日，新的春天接上了旧的年头。诗人必定知道自己活在时空里，才能信笔写成如此恢弘的诗篇。

◆ 次：到。

明·项圣谟·山水图册·一

　　看，画面右上方的题诗，不正是"潮平两岸阔，风正一帆悬"。

感 遇

唐·张九龄

兰叶春葳蕤，桂华秋皎洁。

欣欣此生意，自尔为佳节。

谁知林栖者，闻风坐相悦。

草木有本心，何求美人折。

　　诗题"感遇"，共十二首，是有感于自身遭遇而作的一组五言古诗。所谓"古诗"，是相对律诗而言的。虽然它每行字数整齐，却不用像律诗一样严守格律要求。

　　这一组诗都很好，多以寓言手法写出，含蓄而隽永。这一首说：春兰秋桂各怀芳馨，只是本性使然，不是为了取悦任何人。可叹林中的隐士们闻风而来，把它们攀折在手，实在是违逆了它们的本心。

　　这是在用植物比喻人。人们钦慕美好的品格，追求进步，希望成为更好的自己，都应该是出于本心，而不是为了迎合他人。

◆ 葳蕤［wēi ruí］：茂盛的样子。

◆ 桂华：即桂花。华、花古时相通。

◆ 林栖者：隐居在树林中的人，指隐士。

清·恽寿平·九兰图卷

画中有九枝兰花一起开放,芬芳馥郁,正是"春蔵蕤"。

人日

唐·杜甫

此日此时人共得，一谈一笑俗相看。

尊前柏叶休随酒，胜里金花巧耐寒。

佩剑冲星聊暂拔，匣琴流水自须弹。

早春重引江湖兴，直道无忧行路难。

在唐代，人日是颇热闹快乐的节日，大家剪花为胜，相互赠送。连忧国忧民的杜甫都放下心事，从俗享乐，所以说"此日此时人共得，一谈一笑俗相看"。他饮酒簪花、舞剑弹琴，甚至起了游兴，想要在早春天里到处旅行，不再畏惧行路艰难。

作为一个群体，"人"是非常复杂的。有些人时时审视自己的生活，清楚地认识到命运、时势和个人选择的力量；另一些人顺应事态，"随俗俯仰"，安心度过平常的日子。这两种人生态度，并没有高下之分。不过，我们需要理解：杜甫当然是前者。正因如此，他要想像后者一样，尽情愉快地过个节日，就得卸下久久背负的思想负担。这很难。

◆ 冲星：剑气直冲星斗。

◆ 流水：指古琴的《流水》之曲。

清·改琦·簪胜图轴

　　人日簪戴的花胜，实物还留存不少，但并不常常入画。本幅中的主人公面带微笑，笼袖侧身而立，帽檐侧，鬓发边，花胜在风中飘。

滑州送人先归

唐·刘商

河水冰消雁北飞，

寒衣未足又春衣。

自怜漂荡经年客，

送别千回独未归。

如果只作简单描写，离别的愁绪毕竟是私人感情，很难打动所有人。必须从特殊情境中提炼出更广泛的经验，才能让读者产生共情，这是唐代诗人们特别擅长的技法。

冬天过去了，春装又已上身。一次次送走友人，自己却还在他乡作客，不得归去。这遭遇适合所有远离家乡的游子，诗才显得朴素又真实。

在整整一年的唐诗之旅中，我们会读到很多送别诗。此时预先请大家留意：有些诗的重点是对方，有些却是自己。这两种写法目的并不相同。

◆ 滑州：即今滑县，在河南省北部。

明·张复阳·山水图册·四

　　东风解冻，河水冰消，又可以通航了。柳树下系着小船儿，童子撑着篙等待。岸上两人相对作揖，分明是一个要乘船远行，另一个来到岸边相送。他也和诗人一样，送走过许多朋友吗？

商山早行

唐 · 温庭筠

晨起动征铎，客行悲故乡。

鸡声茅店月，人迹板桥霜。

槲叶落山路，枳花明驿墙。

因思杜陵梦，凫雁满回塘。

这是一首有声有色的诗。色是绿的槲叶，白的枳花，蒙蒙一片的月光与霜露。声在车铃和鸡鸣里。它也是有动有静的诗。人早早起行，不得归去，可是家乡的凫雁在水塘中安静地栖息。行旅之苦，思乡之切，不言自明。

"鸡声茅店月，人迹板桥霜"，是一个名句。拆开看，只是六个意象，平平铺排在一起。合起来看，却因为省略了动词，反而增添不少言外之意。是茅店月还未落下，鸡鸣已经响起吗？是鸡鸣唤起了住在茅店里的人儿，使他看见了月亮吗？是板桥上的人迹划破了霜痕吗？还是人从桥上经过，才知道落了霜？

给读者空间，让读者去想，聪明的作者都会这样向读者邀约。读诗，是接受邀请，走进情境中的过程。再进一步，更是参与创作，用想象补全故事的过程。

◆ 征铎：远行车马所挂的铃。

清·袁耀·鸡声茅店图轴

茅店、板桥、人迹、明月。画意忠实地反映着诗情。

夜宴左氏庄

唐·杜甫

风林纤月落，衣露净琴张。

暗水流花径，春星带草堂。

检书烧烛短，看剑引杯长。

诗罢闻吴咏，扁舟意不忘。

一般认为这是杜甫较早期的作品。全篇遣词造句已有了劲健的力量，字面却还显得洁净纤秀，与后来沉郁顿挫的面貌略有不同。月在风中落下树梢，深夜里露水沾衣。流水疏花之间，漫天星斗照映着草堂。饭后节目丰富，谈书、舞剑、饮酒、赋诗。此时听到江南声调，诗人也想乘着小船，去好山好水中度过今生。

只不过，我们知道后来的故事。也就知道，他的一生事与愿违。

◆ 吴咏：吴歌。吴地之歌，亦指江南民歌。

清·胡术·人物图轴

　　女子立在书桌前，一手抱书，另一只手中擎着烛台，红烛荧荧有光；男子坐在榻上，一手持杯，另一手握着长剑，双目炯炯有神。画面左侧题语，分明指出这是一幅"检书烧烛短，看剑引杯长"句意图。

赋得古原草送别

唐·白居易

离离原上草，一岁一枯荣。

野火烧不尽，春风吹又生。

远芳侵古道，晴翠接荒城。

又送王孙去，萋萋满别情。

　　白居易诗以浅显出名，但大多蕴涵着深意。春草枯荣有定，年年自生，是眼前景象；可这一片草慢慢爬满了古道，远远连接着荒城，已是从眼前想到远方，完成了空间由小而大的变化；再写朋友踏着芳草远行，不知要走到什么地方去，画面的尽头更是一片空茫，牵动了读者的思绪。

　　尺幅千里，小中见大。何况"野火"一联，居然还是个漂亮的流水对呢。流水对是唐人律诗中的常用技巧，在这一年中，我们会反复遇见它。具体指一联诗句，上下两句单读都不足以表意，联合起来，才是一个完整的意思。这种手法常能使诗篇更加流畅潇洒。

　　怎样，是否觉得从小耳熟能详的作品，也有了新的境界？

◆ 离离：纷披繁盛的样子。

清·王翚·仿古山水图册·六

画上真正是"离离原上草"，侵古道，接荒城，绵延到天边。空空的小船儿被抛在草塘里，是因为"王孙"已经远行了吗？

题潘师房

唐·刘商

渡水傍山寻石壁，白云飞处洞门开。

仙人来往行无迹，石径春风长绿苔。

　　唐诗里的"某师"，多指法师，即释道人物。他们往往住在深山绝壑之中，远离尘嚣，不入城市。此诗既为题壁，看来像是入山寻访潘师不遇而作。全篇灵动又干净。人既不在，眼前也不寂寞，毕竟还有白云石径、春风绿苔。

明·文震亨·唐人诗意图册·一

文震亨画了整套《唐人诗意图册》，选取若干唐人风景诗，画成精巧的小画儿，色彩明艳，造型图案化，极具特色。本幅画便是本篇的诗意图。

江滨梅

唐·王适

忽见寒梅树，开花汉水滨。

不知春色早，疑是弄珠人。

　　这首诗设计得极其精巧，千万不要因为五绝短小而轻易放过：在《韩诗外传》《列仙传》等书中，说郑交甫在汉江边上的汉皋台下遇到两位神女，她们把戴着的大珠送给了他。这里是把早开的梅花譬喻为神女。而诗里的梅花开在"汉水滨"。若非如此，"弄珠人"的典故就不够恰切了。作者的匠心多么可贵！

　　严寒之际梅花最先开，且总在你我悄无所知之际。等被人发现而赞叹的时候，它已经开得很好了。

　　诗很短，不易写，足见诗人很聪明。除了"开花汉水滨"是个陈述句，其余三句都在表达他的想法。"忽见"，"不知"，"疑是"，一连串的承接和转折，营造了强烈的意外感。在他意想不到的时候，春天已经来了。由惊到喜，跃然纸上。

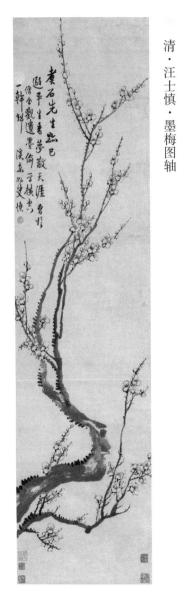

清·汪士慎·墨梅图轴

这是一枝简简单单，如珠似玉的梅花。

谒山

唐·李商隐

从来系日乏长绳，

水去云回恨不胜。

欲就麻姑买沧海，

一杯春露冷如冰。

2月11日

晋人傅玄《九曲歌》，有"岁暮景迈群光绝，安得长绳系白日"的句子，意思是说，岁月流逝太快了，希望有一条长绳，能够牵住太阳，让它不要落下。李商隐进山不久，就看到夕阳西下，流水滔滔，暮云蔼蕗。他也为光景飞驰而惆怅，想问麻姑买一杯"沧海"，醉解千愁——这可怎么买呢？又怎么有人卖给他呢？

然而，竟有如此无理又浪漫的第四句。他仿佛真正喝到了这杯"沧海"，它寒凉如春露，如清冰。谁也不知道，它能不能解救劳碌的凡人。

◆ 就：向。
◆ 麻姑：传说中的仙女。她声称自己曾经三次见到沧海变为桑田，可见其寿数长久。

清·改琦·列女图册·麻姑卖酒

　　小窗中露出一张俏脸。麻姑脸上并没有麻子。她正从瓮中舀起一勺酒，不知要卖给哪一个凡人。

正月十五夜

唐·苏味道

火树银花合，星桥铁锁开。

暗尘随马去，明月逐人来。

游妓皆秾李，行歌尽落梅。

金吾不禁夜，玉漏莫相催。

2月15日

  元宵是一个盛大的节日。此诗四句都用对仗，极尽铺排之能事，给人以丰富完整的印象。"火树银花""暗尘明月"，写的是光。"星桥铁锁""游妓皆秾李"，写的是人和物。"行歌尽落梅"，写的是声音。最后一切归结到时间，在这个节日里没有宵禁，诗人希望时间慢些过去，好让大家玩得尽情。

◆ 游妓：出游的歌妓。
◆ 秾李：华美的李花，这里形容歌妓们浓妆艳抹。
◆ 落梅：古曲调名。汉乐府《横吹曲》有《梅花落》。
◆ 金吾：官名，掌管首都的治安警卫。这句的意思是说，元宵夜没有宵禁，可以尽情玩耍，不必担心有军队来维持秩序。
◆ 玉漏：古代计时漏壶的美称。

清·佚名·雍正十二月行乐图·正月观灯

观灯是正月里的大事，画中有一道长廊，廊下悬着许多宫灯，当是宫内景象；宫外有许多人在水边游赏，手里也提着灯；还有人牵着一架狮子灯，正在过桥……

赴青城县出成都寄陶王二少尹

唐·杜甫

老被樊笼役，贫嗟出入劳。

客情投异县，诗态忆吾曹。

东郭沧江合，西山白雪高。

文章差底病，回首兴滔滔。

2月16日

　　流传至今的杜诗，并不都精彩，但几乎都真诚。这一首写自己穷困潦倒，不得不投往他乡。出城路上东有流水，西见雪山，忍不住作诗寄给两位朋友。作者是清醒的，承认有才华不足以谋生；但又真正喜欢创作，所以到最后还是兴致滔滔。

　　写不写诗，并不重要。能不能做个真诚的人，并时刻留意自己的内心感受，才重要。

◆ 少尹：唐朝官职，是地方府州一级的行政副长官。
◆ 差 [chài]：病愈。"文章差底病"，就是说，虽有才华，擅文章，又能治好什么病呢？言下之意是煮字不能疗饥，文字无法纾解穷愁。

明·董其昌·燕吴八景·西山雪霁图页

　　《燕吴八景》是一套名作。画题与诗中的"西山"恰好
相应，而青山白雪中点缀着红树的景象，也确实明艳可喜，
让人兴致高昂。

长安早春怀江南

唐·许浑

云月有归处，故山清洛南。

如何一花发，春梦遍江潭。

　　许浑是润州（即今镇江）人，所以说自己的家乡在洛水之南。一叶落知天下秋，一花发思故乡春。"如何"一问，显得无理又多情。背后有许多无奈与眷恋。他回不去，也忘不了。

　　作者必定有幽微细腻的情感，才能写得出这样言近旨远、语浅情深的诗篇。

◆ 如何：为什么，怎么会。

◆ 清洛：唐诗里的"清洛"，多指洛水，即是流经河南洛阳的那条河。

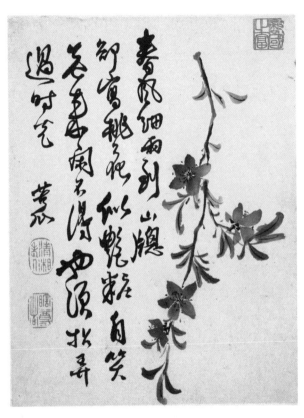

（传）清·石涛·野色册页·六

看，那一枝令人想家的花绽开了。

题敬爱寺楼

唐·杜牧

暮景千山雪，春寒百尺楼。

独登还独下，谁会我悠悠。

　　诗人有很多种。有些人观察自己，有些则不。杜牧知道自己有一颗浪漫而孤独的心。他总在旅行中抽身回望，把自己也当成风景，反复观看。这几乎成了一种习惯。找到作者的思维习惯，很有助于掌握其作品风格。

　　寒风中，高楼上，雪山下。谁知道我在想什么呢？作者漫然设问，也不期待回答。

◆ 会：领会，懂得。

清·吴历·早春晴雪图轴

　　千山雪，百尺楼，早春天。唐人诗，清人画，居然不谋而合，只是少个登楼的小人儿。

初候，獭祭鱼。

水獭捉了鱼，把它们排列开来，一条条吃。看起来有礼有节，像祭祀一样。倒是比人先尝了鲜呢。

二候，候雁北。

传说冬天南飞的大雁，到了江西、广东交界处的大庾岭便会折返。二月下旬，它们又出现在北方的天空中。漂泊的古人看不清命运，有时他们会羡慕大雁如此有节奏地来来回回——

『所嗟人异雁，不作一行归。』

三候，草木萌动。

『天街小雨润如酥，草色遥看近却无。』风也好，冰也好，鱼也好，草也好，每个人心中的春天，都有自己的起始符。

獭祭鱼 　候鴈北 　草木萌動

重过圣女祠

唐·李商隐

白石岩扉碧藓滋，上清沦谪得归迟。

一春梦雨常飘瓦，尽日灵风不满旗。

萼绿华来无定所，杜兰香去未移时。

玉郎会此通仙籍，忆向天阶问紫芝。

雨水

　　李商隐诗多在可解与不可解之间。圣女祠或是实指，但究竟是借诗中从天界沦落人间的圣女来自比，渴望经人拔擢，得登仙界；还是借写这位幽居古祠的圣女，来怀恋自己爱过的女道士，却已无可指证了。

　　换个角度，朦胧诗，可以欣赏其文辞。微雨如梦，春风有灵，白石碧藓洁净明澈。都是初春时节好光景，也正应了"雨水"这个美好的节气。

◆ 上清：这里指道教信仰中的天界。这句意为，圣女本来是天上的女仙，因故贬谪人间，还未重新返回仙界。
◆ 梦雨：若有若无的迷蒙细雨。
◆ 萼绿华、杜兰香：都是传说中能够飞升的仙女。
◆ 玉郎：仙界的小官，职在掌管学仙簿录。

清·王礼·杜兰香小影图轴

小影，即是肖像画。王礼当然不可能见过真正的仙女，不知他是发挥想象创作了这幅画呢，还是画中的容貌原有所本。或许他其实是画了一个自己认识的姑娘。

登楼

唐·杜甫

花近高楼伤客心，万方多难此登临。

锦江春色来天地，玉垒浮云变古今。

北极朝廷终不改，西山寇盗莫相侵。

可怜后主还祠庙，日暮聊为梁甫吟。

　　唐代宗广德二年（764），杜甫在成都登楼，远望山川江水，意识到浩荡的春天又来到了人间。他与杜牧不同，关心无尽的远方和无穷的人们：在这万古不变的风景里，人的命运时刻变化着。前一年，安史之乱刚刚平定，吐蕃又攻陷了长安。他作诗的时候，代宗才刚刚光复都城。诗人正思绪万千，又从楼上看到蜀后主刘禅的祠堂。想到这样的昏庸之主都能享受祭祀，他不由渴望着效仿诸葛亮为国尽忠，却空怀济世之心，苦无献身之路，只能怅然行吟。

◆ 锦江：岷江支流，流经成都。
◆ 玉垒：山名，在成都西北。
◆ 北极：北极星，指代朝廷。
◆ 西山：指今四川省西部的雪山，当时和吐蕃交界。

宋·佚名·层楼春眺图页

　　画中真正是"花近高楼"：高树下又有低树，花开到二楼窗下。江水滔滔，细浪拍天；远处山色返青，渐渐与云雾混为一片。锦江春色，玉垒浮云，大概如此。画中也有主仆二人倚栏远望，在此"登临"。

送元二使安西

唐·王维

渭城朝雨浥轻尘，客舍青青柳色新。

劝君更尽一杯酒，西出阳关无故人。

王维是成就很高的诗人。他的技巧与性情都很好，作品面貌丰富，格调也高。这首诗历来传唱，其实前半篇毫不突出，全部力量都在后面两句上。这两句构成一个因果关系，并且顺序倒置，具有强调的意味：喝一杯吧，再喝一杯，因为再向西走，踏出阳关之外，就没有劝酒的老熟人了。

全篇沉重悲壮，充满了深挚的情谊，而仍旧很勇敢，不颓唐。所谓盛唐诗的"气象"，就在这些细节里。

◆ 使：出使。
◆ 安西：指安西都护府，治所在今新疆库车。
◆ 浥 [yì]：沾。

宋·佚名·柳溪春色图页

江山远，柳色新。空荡荡的春天里，已经没有故人。

赤壁

唐·杜牧

折戟沉沙铁未销，自将磨洗认前朝。

东风不与周郎便，铜雀春深锁二乔。

2月22日

　　赤壁之战，周瑜借东风火烧连营，大获全胜。杜牧来到这里，但见折断的兵器还落在沙砾中，未曾锈蚀殆尽。它提醒着人们，前朝往事距今并不很远。

　　杜牧说，赤壁之战，其实很危险。假如那一天刮的不是东风，火势烧不到曹军的船上，吴蜀联盟便会失败。吴国也许会灭亡，二乔可能会被曹操掳走。他在质问：战争成败，怎可全系于天时？兵行险着，怎能全然不计后果？可惜往昔无法假设，也没有人能够回答。

　　对过往的史事进行设想，或者发出质问，往往使怀古诗显得辛辣沉痛。八月二十一日，我们还将读到李商隐的《咏史》。到时候便能体会这两首诗的异曲同工之妙了。

◆ 铜雀：指铜雀台。汉末建安十五年（210）曹操所建。故址在今河北省临漳县西北处。

◆ 二乔：本姓桥，都是东汉末年桥公的女儿，据说皆为绝色。后来大桥归吴主孙策为妾，小桥嫁周瑜为妻。

清·改琦·列女图册·二乔观书

这是清人想象中的二乔。

春日与裴迪过新昌里访吕逸人不遇

唐·王维

桃源一向绝风尘，柳市南头访隐沦。

到门不敢题凡鸟，看竹何须问主人。

城上青山如屋里，东家流水入西邻。

闭户著书多岁月，种松皆老作龙鳞。

此诗写访友不遇，颔联用了两个魏晋时期的典故，上联反用而下联正用。"到门不敢题凡鸟"，是说主人虽然不在，却也不敢轻慢了主家的其他人；"看竹何须问主人"，是说自己来此只为游赏，毕竟要看看好景色再走。

"城上青山如屋里，东家流水入西邻"，是唐人七律中难得的漂亮句子。像是对仗，又不全对，显得欹侧多姿。这轻巧活泼的两句，和结尾处长松深户之景搭配在一起，便使此诗不落于寻常客套，反而显出庄重典雅的气氛来。

◆ 凡鸟：普通的鸟，用来比喻庸才。晋代时，吕安造访嵇康，嵇康不在，其兄嵇喜出来迎客，吕安只在门上题"凤"字而离去。"凤"字的繁体写作"鳳"，拆开就是"凡鸟"。
◆ 看竹：晋人王徽之爱竹，经过别人家的园林，不和主人打招呼，只管看竹。后来用这个典故形容名士不拘俗礼。
◆ 龙鳞：指松桧树的树皮状如龙鳞。

明·沈颢·闭户著书图轴

画上老松数株，小屋数间。主人正在屋中挥毫写作。左上方题语正是"闭户著书多岁月，种松皆作老龙鳞"。"皆作""皆老"之异，是古书版本不同所致。

念昔游三首·其三

唐·杜牧

李白题诗水西寺，古木回岩楼阁风。

半醒半醉游三日，红白花开山雨中。

　　杜牧有一种诗，虽然不写自己，但句句都有自己。他把流淌的生命力注入了所见的一切景象。

　　这首七绝回忆宣州水西寺风景，只说那里有古木回岩、红白山花。真的只是平常寺院风貌而已。全靠"半醒半醉游三日"一句，把自己放在风景之中。醉眼看花，花也活了，仿佛就在那三天里趁着春雨急忙开放。因为留恋过，徘徊过，普通的景致也留下深刻的印象，满山春色，到作诗时仿佛还在目前。

◆ 水西寺：南齐古寺，故址在宣州水西山（在今安徽泾县）中。知识的世界，有时能巧妙地联系起来——李白题咏水西寺的五言古诗至今尚存，名为《游水西简郑明府》，请大家自己找来读一读。

清·罗聘·二色梅花图轴

确实是"红白花开"，请大家想象一阵山雨吧。

城东早春

唐·杨巨源

诗家清景在新春，

绿柳才黄半未匀。

若待上林花似锦，

出门俱是看花人。

古人常常折柳送别，可是也有人只把它看作春消息。柳树在新叶初生时最为可爱，还没变绿，还没长齐，有心人才能注意到它，并珍藏这份隐秘的欢喜。如果等到深春，繁花似锦之际，风景虽好，人却太多，就少了"诗家"所欣赏的清雅趣味，那份欢喜也不再难得了。

◆ 上林：指上林苑，本是中国秦汉时期的皇家园林，这里借指风景名胜地区。

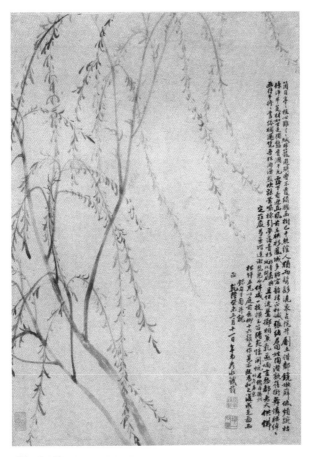

清·钱载·新柳图轴

虽然是幅水墨画，墨色够淡，自能想象那些柳芽还是鹅黄色；芽头够小，也便看出它们并不整齐。原来诗家喜爱的新春景色，画家也一样珍惜。

春雨

唐·李商隐

怅卧新春白袷衣，白门寥落意多违。

红楼隔雨相望冷，珠箔飘灯独自归。

远路应悲春晼晚，残宵犹得梦依稀。

玉珰缄札何由达，万里云罗一雁飞。

2月26日

　　春雨如烟如雾，飘摇不定，总让人迷离怅惘。李商隐极擅长描摹物象，他写这场雨，从无处消遣的相思写起，由怅卧回忆起雨夜的远隔与分离；又由分离想到无法再见，信物也难以交托。

　　"晼晚"两字双声，是太阳将落的意思，这里也指春天终将过去。"依稀"两字叠韵，读音也近。文字、声音同时对仗的技巧，唐人常用。这样的对子读来尤其缠绵唇齿，就像春雨一样密密沉沉。

◆　袷 [jiá]：同"夹"。袷衣即是有夹层的衣服。早春还很冷，所以要穿得厚些。
◆　白门：南京的古称之一。
◆　晼 [wǎn] 晚：日将暮。
◆　玉珰：玉制的耳饰。

明·李政·水阁归舟图页

　　相望冷，独自归，都在画中。从此山长水远，后会难期。更有雁儿飞过，它们会为谁捎信吗？

相思

唐·王维

红豆生南国，春来发几枝。

愿君多采撷，此物最相思。

　　南国红豆却不是我们日常吃的赤豆。它又名"相思子"，所以诗题正是一语双关。传说有些红豆树要几十年才开一次花，开花后也不一定结果，看来维持长久的思念诚非易事。

　　这首诗好在毫不遮掩。既然有情，就有盼望，那么不如就直接说出来更为打动人。

清·潘锦·仕女图扇页

　　红豆树是不入画的。但有人画过红豆子。画中这位姑娘，是唐代的"记曲娘子"张红红。传说中，她特别善解音律，是一位将军的侍妾。乐工作了新曲子，将军让她在屏风后偷听，并且数着红豆暗记曲拍。乐工唱完后，她出来再唱一遍，全无错谬。我们就请她出镜，扮演一位相思病患者吧。

阙题

唐·刘眘虚

道由白云尽，春与青溪长。

时有落花至，远随流水香。

闲门向山路，深柳读书堂。

幽映每白日，清辉照衣裳。

2月28日

　　阙题，就是没有留下题目。唐诗流传至今，并不容易，缺题缺字，文本互异，"著作权"不清楚等情况都很常见。幸而这一首内容完整，且成了歌咏春日的名篇。

　　颔联又一次使用了此前曾指出过的"流水对"技巧，即上下两联虽然对仗工整，拎出来单读意思却不完整，必须合在一起，才是一句话。流水对是诗家常用技法，它能打破对仗句沉重的步调，营造一种清新俊快的气氛。

　　在流水落花相伴之下，诗人走完一段山路，看到一座书屋，走进这座书屋，就在和煦的春光里读书怡情。这是许多古人的梦想，有时候，也是他们的现实。

◆ 眘 [shèn]："慎"的异体字。在人名中遇到罕见字，一般并不统一为常见写法。

宋·佚名·柳堂读书图页

　　"深柳读书堂",这个意象太过美好,打动了历朝历代的读书人,因此留下不少诗意图。这幅画虽未题诗句,倒恰好很忠实地还原了意象。书堂门口一株大柳树随风飘舞,主人当轩持卷,童子侍立在门外。这样的好日子实在值得珍惜。

宣州送裴坦判官往舒州时牧欲赴官归京

唐·杜牧

日暖泥融雪半销，行人芳草马声骄。

九华山路云遮寺，清弋江村柳拂桥。

君意如鸿高的的，我心悬旆正摇摇。

同来不得同归去，故国逢春一寂寥。

3月1日

　　宣州即今安徽宣城，舒州在今安徽潜山。从宣州去舒州，路上会经过九华山与青弋江。所以这是一首非常朴实的送别诗：裴先生要去另一个地方做官了，像鸿雁高飞，志得意满，杜牧祝他一路顺风。

　　同样一片宦海，大家的命运却不同。杜牧此时必须回到中央去任职，他面临的未来还不可知。他的心像风里的旗一样飘啊飘。飘到长安，飘到春风里，猛然觉得有点儿孤单。

◆ 的的：鲜明的样子。
◆ 悬旆［pèi］：挂着的旗帜。

明·文嘉·春岸归骑扇页

　　"行人芳草马声骄"，画中一片青山绿水，路人正要骑马过桥。他只手揽辔，意态闲雅，高扬着脑袋，正在欣赏这一片初春景色。

咏柳

唐·贺知章

碧玉妆成一树高，万条垂下绿丝绦。

不知细叶谁裁出，二月春风似剪刀。

3月2日

　　初春的柳树色如碧玉，形如丝绦，长而细的叶子渐渐舒展开来，透露出春的消息。这前两句已经非常灵动可爱了，贺知章还不满足。他设问：是谁剪出这样巧夺天工的作品？又自己回答说：农历二月的春风，正是一把灵巧的剪刀。

　　说风像刀，是很常见的比喻。说春风像剪刀，却是体物入微。它仍旧有力量，却多了几分灵活和婉曲，也多了几分令人愉快的温柔。

◆ 碧玉：指新生的树叶像碧绿的玉石一样。此外，古代乐府诗里，有一位名叫碧玉的妙龄少女。所以这一句可能既是比喻，又兼拟人。既说柳叶的颜色绿，也说它的模样美。"妆"，是打扮的意思，尤其显得柳叶像个小姑娘。

清·王鉴·仿古山水图册·四

夕阳里，江岸边，碧玉丝绦飘飘荡荡。

送别

唐·王维

山中相送罢，日暮掩柴扉。

春草明年绿，王孙归不归。

3月3日

　　王维有一系列干净简单的五言绝句，字面简单，情味隽永。写送别不从送字入手，而从别后的思念倒叙回来。朋友走了，独自关上家门。在略显落寞的画面中，忽然飘来一个问句：朋友啊，明年春草再绿的时候，你会回来吗？

　　这位送行者，仿佛突然被孤寂惊扰，猛然反应过来，才问出了这句话。可行人已经离开，他得不到答案了。没有回答，世界更空寂落寞起来，这是一重意味。另一重意味，则在于问的时机。行人才刚走，送别者已经在期待明年重见。他嗟叹着，犹疑着，使我们也生出了同情。

元·钱选·山居图卷（局部）

　　山中的柴扉并不罕见，那实在只是古人们真正的"建筑构造"。画中有一片青山绿树，小房子端居其中，柴门半开半掩。

西归绝句十二首·其二

唐·元稹

五年江上损容颜，今日春风到武关。

两纸京书临水读，小桃花树满商山。

　　这首诗作于从河南奉召回到长安的路上。元稹回忆过去的日子，只觉得贬官的五年憔悴辛苦。元和十年（815）这个春天，诗人终于可以回京，于是一路山程水驿，赶到了武关。这一天恰好收到两位老朋友从首都寄来的书信。读信的时刻，满山桃花盛开；可以回到都城再见老友了，他的心花也在那时盛开起来。

　　收笔不作实写，只通过描摹风景来唤起读者的情感，是唐人七言绝句的经典技巧之一。

◆ 武关、商山：均在今陕西商洛市。

明·陈洪绶·杂画册·二

"小桃花树满商山"。

惊蛰

初候，桃始华

春天的暖气，叫做阳和。它曾经化开了冰，如今又吹开了桃花。

张旭、李白、崔护、刘禹锡……每个诗人都有自己熟悉的一片桃花。

二候，仓庚鸣。

『两个黄鹂鸣翠柳』，原来是属于农历二月上旬的诗啊。

三候，鹰化为鸠。

一般认为『鸠』就是布谷鸟。古人相信鸠与鹰之间往复变化，却没有给出理由。其实，换个思路，倒不如说：他们发现，那『布谷、布谷』的叫声，是从这个时候才响彻田园的。

闻雷

唐·白居易

瘴地风霜早，温天气候催。

穷冬不见雪，正月已闻雷。

震蛰虫蛇出，惊枯草木开。

空余客方寸，依旧似寒灰。

3 月 5 日　惊蛰

　　春天的第三个节气名为惊蛰。雷声阵阵，惊起蛰虫，唤起好雨，催生草木，使万物复苏。但自然节律年年不变，人心却是一天一个模样。白居易是个心思丰富的人。这首诗竭力铺叙天气之暖，说明春天确实已经到来。可是最末两句忽然开始剖白自己——万物复苏又如何？孤孤单单，客居他乡的我，心如死灰。

◆ 瘴地：泛指南方湿热地区。白居易当时贬官在忠州（今重庆忠县），那里湿润和暖。
◆ 方寸：心绪，心思。

明·汪肇·起蛟图轴

　　雷是很难画的。但古人相信云中有蛟龙腾
飞，它会使天地变化，牵带起电闪雷鸣。看到
"起蛟"的图像，便可想象惊蛰的雷声了。汪肇
是明代浙派画家，笔力粗豪雄强。右上方的蛟
龙在乌云里腾挪上下，左下方的一主一仆回头
遥望，且不得不弓着身子，好像急雨已经来临。

渡淮作

唐·吴融

红杏花时辞汉苑，黄梅雨里上淮船。

雨迎花送长如此，辜负东风十四年。

吴融家在浙江山阴（今绍兴）。他生于晚唐，考了二十年才终于及第。从内容来看，这首诗似乎是诗人在某一次落榜后的回家路上所作。过去行旅远不如现在方便，整个春天都在赶考和回家路上，大好光阴，全都抛掷在自然山水间。于是，从红杏花到黄梅雨，风光最好时，年年都忧愁。

全篇自然、真实，且带着一分惋惜，提醒大家珍重芳春。

◆ 汉苑：指宫苑。唐代进士考试多于每年农历正月举行，二月放榜。杏花红时，正是放榜前后。

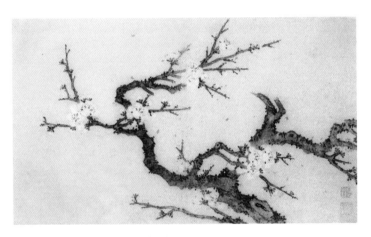

明·沈周·花鸟图册·二

画上正是一枝红杏花。

山中问答

唐·李白

问余何意栖碧山，笑而不答心自闲。

桃花流水窅然去，别有天地非人间。

　　东晋时陶渊明作《桃花源记》，讲一位渔人误入桃花林中，遇一山洞，穿越而出，发现别有洞天。原来一群村民为逃避秦朝暴政迁居到那里，世代繁衍，不知世事。这个寓言文笔美妙，涵义深刻，成为后代文人最喜欢的典故之一。

　　本篇是一首古体绝句，并未遵循近体诗格律，更加自由地表达了心声。李白深居在青山中，不愿对世人解释缘由。他的思绪早已飘入桃源仙境，抛却了这烦扰的人间。

◆ 窅［yǎo］然：深远的样子。

落花流水杳然去
別有天地非人間
仿山樵曉微
松雪菊筆
麓臺

清·王原祁·山水册·七

画上题诗，写作"落花流水杳然去，别有天地非
人间"，可能是画家记错了字，也可能是他读到的李
白诗的版本与我们不同。不过，这幅画当然仍是诗意
图：山青青，云层层。绿树高，红花低。安静甜美，
足以令人暂忘忧愁。

客至

唐·杜甫

舍南舍北皆春水，但见群鸥日日来。

花径不曾缘客扫，蓬门今始为君开。

盘飧市远无兼味，樽酒家贫只旧醅。

肯与邻翁相对饮，隔篱呼取尽余杯。

这是杜甫最好的七言律诗之一。高高兴兴，和和美美，活泼可爱。前四句写客到，着重突出了意外之喜，春水、群鸥、花径、柴门，好像都因为这位客人来而焕然一新。后四句写留客，着重突出了朴实的农家生活面貌。虽然没有什么好菜，招待不周，但远亲近邻彼此相处融洽，可以隔着篱笆干一杯。

通篇只暗用一处典故，此外几乎都是实景。这一处典故是"群鸥日日来"。《列子》中说，鸥鹭遇到没有机心的人，才肯飞下来一同玩耍。一旦知道人有捉它的意思，就高飞盘旋不再亲人了。杜甫这么写，是在剖白自己：我老杜是个淳朴善良，没有心计的人啊！

◆ 飧［sūn］：简单的饭菜。

◆ 醅［pēi］：未过滤的酒，亦泛指酒。

清·王时敏·杜甫诗意图册·四

　　王时敏是清初最重要的画家之一，与王鉴、
王翚、王原祁合称"四王"。这是一套严格匹配
杜诗的诗意图册，每一幅都题写两句原诗，严守
作品意蕴，不作增减，以丰富的笔触和多变的色
彩来展示诗的意境。云白山青，田垄碧绿，花都
开好了。客人还没到，近处童儿已在扫除花径；
草堂掩映在树下，蓬门果真已经打开。

苏溪亭

唐·戴叔伦

苏溪亭上草漫漫，谁倚东风十二阑。

燕子不归春事晚，一汀烟雨杏花寒。

3月9日

　　唐人写景的绝句很多，其中有一些清新俊秀的作品，诗风恬静而温雅，已经有后来宋词小令般的柔美气息。这首诗很简单，只写亭上眺望所见。东风吹遍，燕子远飞，烟雨蒙蒙之中杏花开放。诗人仿佛有一点迷惘惆怅，却又不肯明说。只让读者心中微微好奇：作者究竟是为什么在那亭子里凝望？他在牵挂什么呢？

◆ 苏溪：在今浙江义乌。

迎風呈巧媚

裛露逞紅妍

宋·马远·倚云仙杏图页

　　这可能是传世宋画里最著名的一枝杏花了。宋人写生体物入微，懂得抓住每一个细节。花苞淡粉，花萼深红，全开时轻薄欲透，半开时像许多微微嘟起的小嘴，圆圆润润。

水槛遣心二首·其一

唐·杜甫

去郭轩楹敞，无村眺望赊。

澄江平少岸，幽树晚多花。

细雨鱼儿出，微风燕子斜。

城中十万户，此地两三家。

3月10日

　　杜甫一生没有过上几天好日子，总是在各处颠沛流离，然而他从不放弃眼下的生活，时刻关心周围环境。一般认为这是杜甫在成都草堂时的作品，那时虽然稍稍安定，却不得归乡，他内心凄苦依旧。虽然如此，他也没有忘记欣赏大自然的广博与细微。

　　此作通篇对仗。但选词浅近如白话，多用形容词，少用动词，便不显得笨拙。细雨、微风一联，古来称颂，写春之力量，欣然而秀润，轻柔而富有生机。"增之一分则太长，减之一分则太短"，真是恰到好处。

◆ 轩楹：堂前的廊柱。借指房屋。
◆ 赊：长、远。

清·戴熙·山水图册·六

　　墙垣外，春天里。澄江平静，幽树新花。水里的鱼儿虽然没有"出"，可风中果然有两只燕子斜斜飞来呢。

合溪水涨寄敬山人

唐·刘商

共爱碧溪临水住，

相思来往践莓苔。

而今却欲嫌溪水，

雨涨春流隔往来。

　　春天的小溪怎么样？澄澄一碧，令人喜爱。溪边的小房子怎么样？挺好的，邻居们在好风景里彼此来往。

　　溪水涨了怎么样？哦，真麻烦。它没过了河堤，隔断了路，我只能眼巴巴看着你的小房子，却没法过来玩了。

　　多么可爱的埋怨啊！

明·沈周·东庄图册·十五

　　画上春水横流，冲断了小桥，自然就无人经过——不正是"雨涨春流隔往来"？

元和十年，自朗州承召至京，戏赠看花诸君子

唐·刘禹锡

紫陌红尘拂面来，无人不道看花回。

玄都观里桃千树，尽是刘郎去后栽。

刘禹锡因支持"永贞革新"，在改革活动失败后，他被贬为朗州（今湖南常德）司马，至元和十年（815），才回到都城。他也和首都百姓一样，赶时髦去玄都观里看桃花。

这些桃花，是在他远离都城，被贬谪到偏远地区的岁月里，渐渐成为时尚风景的。他感慨着说："都是我走了以后才种下的啊。"其实何止是花？他的新同事、新对手们，大多也是另一批人了——他们都是在他离开中央以后，才当上官，有了权力，来与他一争高下。

这是一首非常辛辣的诗，而又充满自信，笔力雄强。

清·邹一桂·花卉图册·二

一枝碧桃开得正好。

再游玄都观

唐·刘禹锡

百亩庭中半是苔，桃花净尽菜花开。

种桃道士归何处？前度刘郎今又来。

"尽是刘郎去后栽"的诗，含义太丰富。刘禹锡的朋友们能读懂，政敌们也能。于是，他又一次踏上了贬官的道路，这一回他被贬谪到播州（今贵州遵义）；未及赴任，又改到连州（今广东连州）。

刘禹锡是个倔强的硬汉子。等他又一次回到长安时，居然重新趁着春天去往玄都观。这一次，他的政敌们都已离开舞台，就像观中的桃花凋零殆尽，换成一片菜花绽开。刘禹锡相信，属于他的春天真正来临了。

清·恽寿平·花卉图册·四

　　读诗要多认识些草木鸟兽之名，读画也一样。画中的植物，名叫二月兰，又名诸葛菜，原是北方常见的野菜。它的花期很长，自初春至初夏不绝。故而"桃花净尽"之后，真的还有菜花开。

江畔独步寻花·其五

唐·杜甫

黄师塔前江水东，

春光懒困倚微风。

桃花一簇开无主，

可爱深红爱浅红。

3月14日

　　《江畔独步寻花》一共七首，是极为精彩的组诗，意思与笔法都很丰富。这一首咏赞春光，说到它轻暖和煦，令人发困，非常真实。

　　虽然困着，仍要看花。无人照看的桃花也开得很好，几朵红得深，几朵红得浅。杜甫一时不知道怎么办好了，憨憨自问：我是该爱那深红的，还是该喜欢那浅红的？

◆ 江畔：指成都锦江水边。

◆ 可爱深红爱浅红：从句意上看，"可"字应单读，"爱深红"与"爱浅红"则是并列的两个选项。意思是说，不知到底该喜欢深色的花，还是浅色的花。

清·黄慎·赏花图扇页

　　黄慎是清中期的"扬州八怪"之一，以画人物出名。姑娘捧着花篮，童儿替主人执着杖。主人的目光正投向篮里的花。深红浅红，都在盛开。

乌衣巷

唐·刘禹锡

朱雀桥边野草花，

乌衣巷口夕阳斜。

旧时王谢堂前燕，

飞入寻常百姓家。

同样写眼前常见景象，好诗胜在意蕴深。人间才有富贵贫贱，史书上才有簪缨巨族。燕子无知，也就无私。是人看到了它的去处，才惊觉人世上变迁是常态，没有什么能够轻易永恒。

诗很简单，只是因为有情的人，看到了无情的小动物，便让区区二十八字，有了四两拨千斤的力量。

◆ 朱雀桥、乌衣巷：都在南京。东晋时世家大族王谢两家都居住在那附近。

清·余穉·花鸟图册·一

　　余穉是乾隆年间的宫廷花鸟画家。他画的燕子，何止是"王谢堂前"，分明住在玉堂金阙里。但这一套花鸟图册十分知名，早已进入了寻常百姓家。

闻王昌龄左迁龙标遥有此寄

唐·李白

杨花落尽子规啼，闻道龙标过五溪。

我寄愁心与明月，随风直到夜郎西。

3月16日

　　读诗，要学会适当参照前人的点评，也就是要学会读书。从古到今，无数人分析名篇，我们可以尽情选择最适合自己水平的读物。借着这首诗，想向读者们推荐沈祖棻。她的赏析文字平实亲切，注重分析技法，曾经影响过少年时代的我。具体到这一篇，她曾这样谈论"我寄愁心与明月"的妙处：

　　这种将自己的感情赋予客观事物，使之同样具有感情，也就是使之人格化，乃是形象思维所形成的巨大的特点之一和优点之一。当诗人们需要表现强烈或深厚的情感时，常常用这样一种手段来获得预期的效果。

　　她说得很好了，我无法说出更多。

◆ 龙标：今湖南洪江西。
◆ 五溪：湘黔边界的五条溪水。东汉、三国时代，那里是所谓"五溪蛮"聚居的地方，时有叛乱。学习诗人用典技艺时，要注意积累。秋天，我们将会读到杜甫的《咏怀古迹五首·其一》，其中也有一句"五溪衣服共云山"。

清·髡残·山水册·一

　　清初有四位和尚都擅长画画，后人称为"四僧"，髡残
是其中之一。

　　"闻道龙标过五溪"，李白并没有亲自看到。他所看到
的，与画中人一样，只有天上那一轮明月。

燕子来舟中作

唐·杜甫

湖南为客动经春，燕子衔泥两度新。

旧入故园常识主，如今社日远看人。

可怜处处巢君室，何异飘飘托此身。

暂语船樯还起去，穿花贴水益沾巾。

　　杜甫很擅长咏物，既能写出万事万物在自然中活泼的样子，也有本事让它们反衬人的心情。此篇作于杜甫晚年，春社之日，舟行水上，他乡作客，故人长绝，唯有燕子绕船而飞。"穿花贴水"，是燕飞时的灵动姿态，这是自然。可怜它到处漂流，就好比自己流落在人间，这是人心。两相交汇，回环往复，哪怕不说离愁浩荡，自然也已老泪纵横。

◆ 社日：每年春秋两次祭祀社神的日子，春社在立春后第五个戊日。

明·周之冕·花鸟图册·四

　　周之冕是明代著名的花鸟画家。他擅长设色，也很懂得捕捉各种动植物的形态。两只燕子穿花而来，身姿还带着风势。它们那样可爱，并不知道自己曾被比喻成一个漂泊无依的老人。

江南春

唐·杜牧

千里莺啼绿映红，水村山郭酒旗风。

南朝四百八十寺，多少楼台烟雨中。

3月18日

　　这首诗耳熟能详，我们几乎不会再去分析它的好处。可仔细一想，居然是章法谨严且功力精深的典范之作。

　　首先，作者一定从最初就打算写出宏大的主题。所以选择了非常高远的视野。明明只能看到眼前的红花绿树与黄莺，却想象着整个江南都是如此。其次，我们看到，作者对绝句那么小的空间也驾轻就熟。树木、花草，精简为颜色。水村、山郭、酒旗与风，单独看是物事，紧紧排住又成为画面。寺本来寻常，"四百八十寺"，猛然显得鳞次栉比。最后，也看到"意在言外"的笔法，多么高妙。诗人通过营造广阔的空间让人想象悠长的时间。多少故事发生过，多少王朝更替过，都在这梦幻般的江南春色里。

清·吴历·仿古山水图册·一

　　画上自题为"乱云古寺"。云雾迷蒙之中，一座寺庙露出几角屋檐。云中还有多少寺庙呢？不知道。可不正是"多少楼台烟雨中"吗！

新楼诗二十首·北楼樱桃花

唐·李绅

开花占得春光早，雪缀云装万萼轻。

凝艳拆时初照日，落英频处乍闻莺。

舞空柔弱看无力，带月葱茏似有情。

多事东风入闺闼，尽飘芳思委江城。

3月19日

　　古诗词对读者的要求是具体而微的。大体而言，古人的城市范围有限，人类生活对自然的侵袭和破坏相对较小。他们平时所见的山川、河流、动物、植物，要远比我们更多更广。因此，"认识古诗词里的东西"，对今人来说，并不容易。

　　严格来说，樱桃花并不就是樱花，虽然同为蔷薇科李属植物。今天所说的樱花，是以观花为主的植物，园艺品种非常丰富，但结的果子大多不堪入口。樱桃花，则是樱桃果树的花。古人所见的樱桃，花期很早，在每年二月末至三月初；果期也早，通常在谷雨时分。看，知道了这些背景知识，才能理解"开花占得春光早"，与"尽飘芳思委江城"。

◆ 葱茏［lóng］：草木青翠而茂盛。
◆ 闺闼［tà］：女子居住的内室的门户。

明·沈周·东庄图册·五

　　樱桃花很少入画，古人也看不到我们今天熟悉的园艺种樱花。请大家看一看樱桃果吧。画为《东庄图册》中的一开，画中景点，叫做"朱樱径"。许多红果缀在枝上，它们将在一个月后成熟。

钱塘湖春行

唐·白居易

孤山寺北贾亭西，水面初平云脚低。

几处早莺争暖树，谁家新燕啄春泥。

乱花渐欲迷人眼，浅草才能没马蹄。

最爱湖东行不足，绿杨阴里白沙堤。

3月20日

　　这首诗大约作于长庆三或四年（823或824）春，当时白居易任杭州刺史，作诗咏赞西湖春光。诗意浅近，笔意轻俏，原不必过多解释。不过，想提醒读者注意作者的视角。"孤山寺北贾亭西"是平远的瞭望，"水面初平云脚低"，便是从低处看向高处了。早莺新燕，都在高处，可是从泛览转为细审。乱花浅草，又换回低处，可是从静观变为边走边看。整个湖畔的春光，都在他眼里。可"行"却总有个范围。既然从孤山寺走起，收尾处便要落到此程的终点——白沙堤。

　　后来，为了纪念白居易，便把这条堤叫做白堤。

◆ 贾亭：即贾公亭。唐贞元（785—805）中，贾全任杭州刺史时所建的亭。
◆ 白沙堤：即今日的白堤。从前以白沙铺地，故名。

明·孙枝·西湖纪胜图册·二

　　唐代的杭州，风景虽好，能看到的人却还不多。至明清时期，庶民生活日渐发达，无论士俗，游赏的趣味越来越流行。画中是已经成为旅游胜地的西湖一景。以画作为证，便可知道：直至明代晚期，孤山寺还在那儿。

春分

玄鳥至　雷乃發聲　始電

初候，玄鸟至。

穿着黑色礼服的小鸟儿，不就是燕子吗？『年年春天来这里』。它是杜甫和杜牧的好朋友，从王谢堂前飞到蜀中的江上。

二候，雷乃发声。

大气不安定带来了春雷。再迟钝的人，也该被这春声惊醒了。

三候，始电。

雷奔电击，可古人好像并不觉得光比声快。他们只说，那都是阳气的代表，此时此刻，阴气已经渐渐消退，再也压不住它们了。

春泊弋阳

唐·许浑

江行春欲半，孤枕弋阳堤。

云暗犹飘雪，潮寒未应溪。

饮猿闻棹散，飞鸟背船低。

此路成幽绝，家山巩洛西。

对古人来说，春分就意味着春天已过了一半。各地寒暖不同，此时弋阳的江上居然还很冷。阴云带雪，寒潮声声。只有猿猴与飞鸟为伴，整个画面似乎枯淡无颜色。独行独泊，亦是清冷幽寂。

最后五字猛然提起家乡，就于眼前景象之外翻出新境。我们几乎能读出潜台词来——不知那里现在风光如何？

◆ 弋阳：在今江西上饶。

领

清·石涛·归棹册页·一

小人儿坐在小船上，小船儿走在江上。

春望

唐·杜甫

国破山河在，城春草木深。

感时花溅泪，恨别鸟惊心。

烽火连三月，家书抵万金。

白头搔更短，浑欲不胜簪。

3月22日

　　这首诗作于至德二载（757）之春。当时安史之乱已经发生，杜甫为了投奔朝廷，中途被叛军抓捕，带回了已被叛军占领的长安城里；此时，他的家属还留在鄜州（今陕西富县）。

　　他直接看到了战争带来的惨状。人间是山河如故，国家已非；自然界偏偏是草木无情，芳春重绿。他觉得花也在哭，鸟也在恨。想着长时间不能平息的战火，还有那价值连城，久久寄不过来的家信。几根白头发一挠再挠，简直快要秃了，连一根发簪都挂不住。

明·文徵明·雨余春树图轴

这是文徵明最著名的青绿山水作品之一。它的色泽清新秀润，构图颇具层次感，远山略略留白，显出雨后云雾深邃的样子；近水曲折萦回，不同品种的树木，披上了不同的绿色。

图中山河在，草木深。不过，画家创作它的时代是明中叶。他的家乡苏州，那时正富庶又繁华。

游城南十六首·出城

唐·韩愈

暂出城门蹋青草，

远于林下见春山。

应须韦杜家家到，

只有今朝一日闲。

3月23日

　　韩愈的小诗很有特色，多数作品拙重诚朴，少有雕饰。但因为他肯说实话，不耍心眼，从"真实"这一面说，反而是最上乘的诗。

　　作者的心声，可能也是我们的愿望：生活忙碌无休，好不容易才盼到休息。要珍惜春光，玩个痛快，晚点回家，绝不放过好风景。毕竟只有一天假期啊！

◆ 蹋：同"踏"。

◆ 韦杜：指韦曲与杜曲，在长安城南。是唐代望族韦、杜两个家族聚居的地方，后亦借指风景秀丽之地。

明·仇英·春游晚归图轴

　　"春游晚归"，是自宋代起就很流行的画题。久而久之，形成了固定的图式：画中必定有骑马的游人，叩门的童仆，挑担的随从，还要有山有水，有春花盛开。

独望

唐·司空图

绿树连村暗，黄花出陌稀。

远陂春草绿，犹有水禽飞。

　　如果你生在江南，此际春意已很浓厚了。树色俊秀，草色清新，水色通透，这都是绿。各种春花早已开过一轮，白、粉、红、黄都稀疏起来，成为绿世界里的零星点缀。还有什么可看呢？只有水鸟的毛羽。干净、明亮、带着晴光。

　　多次使用颜色字的小诗，就像一小块宝石，虽然并不格外珍贵，至少精巧可喜，五彩斑斓。

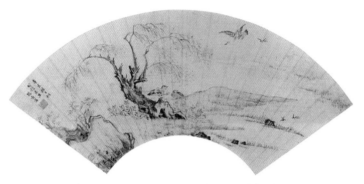

清·孙寅·芳渚水禽扇页

绿树，黄花，春草，水禽。画与诗天造地设。

柳州城西北隅种柑树

唐·柳宗元

手种黄柑二百株，春来新叶遍城隅。

方同楚客怜皇树，不学荆州利木奴。

几岁开花闻喷雪，何人摘实见垂珠。

若教坐待成林日，滋味还堪养老夫。

3月25日

　　柳宗元是被贬官到柳州的。广西气候温暖，适宜柑橘生长。这年春天，两百株柑树抽出了新叶。可他并不知道自己的命运还将有怎样的转折，将来还要流落至何方。他种树，是因为它是好树，而不是为了它的经济利益。他甚至不知道自己能看几年橘子花，更想象不到会是谁来坐享其成。但他毕竟还不能放弃期望——假如有缘在这儿生活几年，真正吃上亲自栽种的柑子，那滋味应该分外宜人吧。

　　读这样的诗，心中时时要有作者。要理解他在怎样的情境下说出这些话；要在通篇洋溢的豁达之外，读出一些眷恋之情。

◆ 木奴：三国时，荆州人李衡任丹阳太守。家贫，便悄悄种了千株柑橘树，临死时对儿子说"州中有千头木奴"，不用管它们的衣食，每年只要上一匹绢为税，便足够生活。这些橘树长成，李家果然生计无忧。后来便称柑橘树为木奴。

宋·赵令穰·橙黄橘绿图页

　　中国古人栽培柑橘科植物的历史非常悠久。画中有许许多多的橘子树，而且成了林，垂了珠，正是诗人所盼望的景象呢。

涪城县香积寺官阁

唐·杜甫

寺下春江深不流，山腰官阁迥添愁。

含风翠壁孤云细，背日丹枫万木稠。

小院回廊春寂寂，浴凫飞鹭晚悠悠。

诸天合在藤萝外，昏黑应须到上头。

    诗写一次登山之旅，自然先从低处写起：俯瞰是江深水静，春日漫长。仰视是阁高难登，令人生愁。平望则正是半路所见，山崖青翠，红枫稠密。到末了居然还有老实人的感叹——寺庙还在藤萝之外吧？可是我爬到天黑，应该也就到了吧？

    暗示是一种很好的手法。登山，自然是步移景换，目不暇接的。因此这首诗也使用了大量的意象。在这些铺陈和变换之中，我们看到杜甫的视野越来越高，便知道那楼阁已越来越近了。

◆ 涪城：在今四川省绵阳市。

◆ 迥 [jiǒng]：遥远，僻远。这句的意思是说，眼看官阁还在遥远的半山腰上，顿时感到愁苦。

◆ 诸天：佛家语，指护法众天神，这里借指山顶佛寺中的建筑与佛像。

含风翠庵派烟细
背日丹枫万木稠

清·王时敏·杜甫诗意图册·五

　　又见这一套可爱的诗意图册。这一页大胆地使用
了朱红与藤黄色，使画面陡然鲜明起来。"背日丹枫万
木稠"，真使人眼明心亮。

答广宣供奉问兰陵居

唐·李益

居北有朝路，居南无住人。

劳师问家第，山色是南邻。

近体诗四种形制，五律、七绝容易出彩。七言律诗太长，五言绝句太短，要写得铢两悉称，骨肉停匀，都很不易。李益虽然算不上一流诗人，其五言绝句却有不少名篇，能在很有限的空间里留下余韵。有人问他家在何处，二十字便是一句回答："北边有道路，南边没有居民。若要问我家在哪里，看，那座山是我的南邻。"

我们及时把他没有说的话补上："我的家远离纷扰，我的世界里没有旁人。我每天看着山色，我的心沉静孤清。"

◆ 家第：家宅，私邸。

清·王鉴·仿古山水图册·一

　　楼前有路，楼后有山。并无邻舍。小人儿穿着与山色
一样的翠绿衣裳。真是一片沉静的好春光。

春夜洛城闻笛

唐·李白

谁家玉笛暗飞声，散入春风满洛城。

此夜曲中闻折柳，何人不起故园情。

个体的经验，永远是有限度的。要想让一首诗唤起多数读者的共鸣，就得把他们都拉到意境之中。笛子独奏曲怎么可能传遍城市呢？可李白说，春风把它送到了洛阳城的每一个角落。他能听到，那么所有人都能听到。

如何让曲调感动所有人呢？必须诉诸大家都熟悉的常识。《折杨柳》，是名曲。"折柳"，是普遍的风俗。李白相信所有的离人都会在这笛声里思念家乡，满怀惆怅。而他自己也在这群人之中。

笛声的感染力，一下子扩张了无数倍。这是诗人的魔法，也是文学的力量。

◆ 洛城：即洛阳。

◆ 折柳：古乐曲名。《折杨柳》曲的简称。多用以惜别怀远。同时，折柳也是唐人的习俗之一。因为"柳""留"谐音，他们折柳枝送别。

明·蓝瑛·桃源春霭图轴

　　一片融融春色里，山青水绿，群芳竞秀。两只小船儿在水面上相遇了，一个人吹着笛子，另一个人听。

重登滕王阁

唐·李涉

滕王阁上唱伊州，二十年前向此游。

半是半非君莫问，好山长在水长流。

　　滕王阁在今江西南昌赣江畔，历来诗人题咏无数，总以情景交融之作取胜。而借楼阁风景来写人生的，倒是有限。诗意很简单：二十年后重新登楼，岁月不改变山水风光，却改变了这个看风景的人。

　　在恒久的风景中回望改变了的自己，是诗词里的常见手法。著名的"少年听雨歌楼上"，便是如此。但文人大多含蓄，总是预设读者也有同样的阅历，能够体会隐藏的内涵。李涉却没有留下余地，坦白地审视着自己说：在过去的岁月里，我大概是非参半吧。一定有做对了、做好了的事，但也犯过很多错误吧。

　　"半是半非"，恰是普通人的境地。我们也当偶尔登高远眺，并回望自身。

◆ 伊州：古曲名。

元·夏永·滕王阁图页

　　古代中国的几座名楼，都留下了"肖像画"。夏永是元代著名的界画家，以擅画亭台楼阁著名。这些作品都是用墨笔画在绢上的，十分精细入微。他生活的时代，与"元四家"之一的倪瓒相近，可风格截然不同。如同一个时期内的大诗人各有面貌，同一代大画家的作品也各有千秋。作为观者，我们要避免被自己的偏好牵着鼻子走，应该公平地欣赏它们。

春夜喜雨

唐·杜甫

好雨知时节，当春乃发生。

随风潜入夜，润物细无声。

野径云俱黑，江船火独明。

晓看红湿处，花重锦官城。

3月30日

　　这首名诗通篇皆妙，历来解诗者为它耗费了无数笔墨，几乎不用再作详细解释。不过仍有两处细节，耐人寻味。

　　第一处是首尾照应。诗的开篇便说了春雨应时而来，结尾又以带雨的红花加倍描写了春雨。其次是雨落的过程。"潜"与"润物"，都是雨刚开始下时的样子。它还很细很轻，没有体量。至"云俱黑""火独明"，这雨已弥天盖地。雨云遮断了一切，它必定越下越大，越下越久了。究竟下了多少呢？只有在清晨晴朗之际，倒回去猜。每一朵花都沉沉地垂下头来，方知它下得透彻，确实滋润了万物，对得起眼下这个春天。

◆ 乃：才。

◆ 锦官城：成都的别称。成都旧有大城、少城。少城为掌管织绵官员之官署，故此得名。

明·谢时臣·杜陵诗意图册·七

　　这是一套唐人诗意图册。画取原作颈联诗意，云遮雾罩的茅堂与山路之外，正好有两只小船儿静泊岸边。而诗句以小字的形式题写在画面右上端。

春夕

唐·崔涂

水流花谢两无情，送尽东风过楚城。

胡蝶梦中家万里，子规枝上月三更。

故园书动经年绝，华发春唯满镜生。

自是不归归便得，五湖烟景有谁争。

又是一年春晚。崔涂是江南人士，此际却流连在楚地。落花流水都是无情之物，可他却是个有情的人，总在思乡。

颔联以广阔的空间对短暂的时间：梦中走过了那么远，醒来后才知道，这一觉只是区区半个晚上。他的每个旅夜恐怕都一样难熬。这种手法非常高妙，宋词中便有"午梦千山，窗阴一箭"的句子，意境完全相同。

颈联转流丽为朴实，说起了大实话：一年年等不到家信，只添了满头白发。他也许怨恨每一个漂泊的春天。可是，他也承认：是自己不要回家去。家乡总在那里，可漂泊的人有苦衷。功名未就，或者生计艰难？他回不到那无人争抢的好山水里。

◆ 五湖：春秋末越国大夫范蠡，辅佐越王勾践灭亡吴国，功成身退，乘轻舟以隐于五湖，后多以"五湖"指隐遁之所。

明·文嘉·太湖图页

　　五湖烟景，是苏州艺术家们最为熟悉的好风光。文嘉是文徵明之子，此页继承了父亲的细笔风格，设色清新，秀润可爱。

春晓

唐·孟浩然

春眠不觉晓，

处处闻啼鸟。

夜来风雨声，

花落知多少。

4月1日

　　这是一首简单而丰富的小诗，五言绝句篇幅短小，语句精炼，读者需要用想象来补全它。

　　说它简单，因为描写的只是一个片刻。春日早晨听到鸟鸣，将醒未醒，惺忪不定。"不觉"二字，让鸟鸣一直萦绕到梦中。鸟叫着，大约是个晴天吧。因这一重暗含的转折，诗人才想起昨夜的风雨，关心它吹落了多少花朵。说它丰富，是因为想得多。人在枕上，只是方寸之间。可到处都有啼鸟，落花也不知多少。一朝一夕，自然界变化万千，诗人却在这一瞬眼的刹那里想遍了它们。

清·王武·飞燕图扇页

处处闻啼鸟，花落知多少。

金陵三首·其二

唐·李白

地拥金陵势，城回江水流。

当时百万户，夹道起朱楼。

亡国生春草，离宫没古丘。

空余后湖月，波上对江州。

4月2日

　　这是一首五言律诗。不过，"规矩"约束不住李白。颔联没有对仗，而全篇首、颔、尾三联各有拗句，并未遵从常见的格律形式。这种写法颇为大胆，但与怀古的主题结合，却很恰当。因为声音不协调，读起来就较为沉郁顿挫，正宜于缅怀往昔；若过于流畅和谐，倒有可能显得油滑。

　　开头两句非常开阔，仿佛是从很高的地方向远处眺望，所以见到了整座城市。登览之际，作者不免要想：六朝贵胄们，当时一定在这里过着奢华富丽的生活吧？这一带应该曾有过鳞次栉比的朱楼碧瓦吧？

　　因此，前四句合在一起，才是开篇。而后四句迅速铺排，又果断总结。颈联写变：如今繁华已歇，宫室没入春草，化作荒丘。尾联写不变：只有水上明月，万古悠悠。历来怀古之作，都极力描写两端，以见朝代之短，变迁之常。

明·文伯仁·登山远眺扇页

　　画中一座高山，山顶平台上有两个小人儿指点远方，但见画面上部清江蜿蜒，江上尚有轻帆几叶。而山脚有楼阁塔寺，掩映在树木之间。这正是"城回江水流"啊。

寒食汜上作

唐·王维

广武城边逢暮春，

汜阳归客泪沾巾。

落花寂寂啼山鸟，

杨柳青青渡水人。

清明前一或两日为寒食。这天习惯禁火，吃冷食，据说是为了纪念春秋时期晋国的孤臣介之推。古人很重视这个时间节点，把它看作暮春的象征。这一天，王维正在路上。他结束了在济州的工作，要回到京城去。身为归客，却满怀不舍，不知广武城中有什么使他眷恋若斯。

在一片秾丽又寂寞的春景里，诗人正接受命运的安排。命运不可知，也就难描写，于是换一种白描手法。以客观的眼光看待行旅：鸟啼花落，水绿山青。柳树下那个孤孤单单渡河的人儿，其实正是他自己。

◆ 汜 [sì]：指汜水，流经广武城。

◆ 广武城：在今河南荥阳东北广武山上。

◆ 汶阳：汶水北面，阳在这里指河流的北面。诗中借指济州，在今山东。

明·刘度·西湖十景图册·柳浪闻莺

明清之际，西湖十景相关绘画已很流行。刘度是明末清初的杭州画家，师从蓝瑛，但笔致更为工细。图中的景点是柳浪闻莺，如此，则"啼山鸟"可以想象；而"杨柳青青渡水人"七字，已千真万确地画在图中。

题都城南庄

唐·崔护

去年今日此门中，

人面桃花相映红。

人面不知何处去，

桃花依旧笑春风。

崔护的诗集未能传世。若非"人面桃花"的故事太动人，这首小诗或许也早就湮没在浩如烟海的古籍中了。但它确实很有技巧，不愧为名篇：与姑娘相遇又相别的往事，只有两个关键词。使用它们反复交叠，如镜头变换，情境自然就在目前，看花人的心情不言自明。

这种手法，强调意象，故意模糊了时间的长度。岁月似乎很长，致使人事都非；又仿佛很短，转眼是桃花依旧。

半夜歌风雨露井一枝干

莩擒春以

瓯香馆临宋人纨扇本

白云外史寿平

清·恽寿平·瓯香馆写生册·桃花

桃花有许多种。画中这一种名为碧桃，瓣多而密。如今正是它开放的光景。

清明

初候，桐始华。

清明是泡桐的花季。那高远处飘下来的甜香，青山绿水中的乳白与淡紫色，今古无别。唐人早就意识到它的酣美，所以有"折取桐花寄远人"的愿望。

二候，田鼠化为鴽，牡丹华。

鴽是鹌鹑类的小鸟。古人觉得它与田鼠一体两面，随时变化，实则恐怕只是形体大小相近，容易认错而已。

牡丹开了，唐代诗人的盛世繁华梦，也跟着绽放了。

三候，虹始见。

日光穿透雨后微云，彩虹就从天而降。古人相信它是阴阳气息交会的产物。

桐始华　田鼠化為鴽　虹始見

清明

唐·杜牧

清明时节雨纷纷，路上行人欲断魂。

借问酒家何处有，牧童遥指杏花村。

　　这首诗不见于早期的杜牧诗集，到了南宋人们才把它归给杜牧。在文学史上，这种现象并非罕见，我们今天所熟悉的"唐诗"们，本就经过宋元明清无数代人的整理和讨论。不过，杜牧的七言绝句确实常如有声之画，这首诗署他的名，从风格上说，并不违和。

　　诗里有现象，有心情，而没有缘由，好像一切都是偶然。偶然在雨中行路，生出了伤感；偶然遇到一位牧童，询问何处可以买醉；偶然顺着他的指引，远远望见村落掩映在杏花中。

宋·李迪·风雨归牧图轴（局部）

飒飒东风，纷纷雨丝里，两个童儿驾驭着三头牛。

滁州西涧

唐·韦应物

独怜幽草涧边生，

上有黄鹂深树鸣。

春潮带雨晚来急，

野渡无人舟自横。

有一些"不为什么"的好诗，只是简单写景，却因其精准、真切，而成为流传千古的名篇。作这样的诗，要沉静而仔细地观察世界。认真看，认真听，准确把握周遭的一切，再把它们组织起来。

这首诗就是很好的例子。先从近处看见幽草，再从高处听见黄鹂。接着是远处，但见晚潮和雨水交织着涌来，渡口无人，只有小船横在水中。我们几乎可以想见诗人低低头、抬抬头，更把目光送向远方的过程，也从文字里感到了暮春的种种喧嚣与宁静。

◆ 横：有一位学者王宁先生，教我们读诗一定要仔细审查词意。他认为，急雨与春潮同来，则水面必然不会平静，小船当然也不可能安安静静地卧在渡口。所以这个"横"，不能理解为"平"。它是迂曲、任意的意思。

清·傅眉·山水图册·三

几行垂柳，一座孤亭。小船儿拴在岸边，野渡无人。

曲江二首·其一

唐·杜甫

一片花飞减却春，风飘万点正愁人。

且看欲尽花经眼，莫厌伤多酒入唇。

江上小堂巢翡翠，苑边高冢卧麒麟。

细推物理须行乐，何用浮荣绊此身。

4月7日

　　普遍认为，这首诗作于安史之乱稍稍平定，长安光复，杜甫回到那里任左拾遗的时候。曲江是长安的胜地，游人最爱去的地方。明知春去不可挽回，于是花多看一眼也好，酒多喝一杯也好。何况这"春去"，还不止是季节变迁：唐王朝也走到了由盛转衰的关键节点。王侯故宅成了鸟巢，先贤陵墓也都颓坏了。足见战乱之后物是人非。

　　既然盛世终究不能持久，人也毕竟难逃一死，还不如及时行乐，抛却浮名。是正话？是反话？或者兼而有之。

◆ 巢翡翠：翠鸟筑巢。这句的意思是，江边的住宅人去楼空，只有翠鸟筑巢居住。

◆ 麒麟：指作为墓地装饰的石雕麒麟。过去王公贵族死后，按等级，墓道边陈列石人、石马、石麒麟等。说"卧麒麟"，意即坟墓遭到破坏，麒麟都倒了。

明·沈周·落花诗意图卷（局部）

　　青山流水，满地落花，"风飘万点"。小人儿独自眺望着远方。

春怨

唐·刘方平

纱窗日落渐黄昏，

金屋无人见泪痕。

寂寞空庭春欲晚，

梨花满地不开门。

4月8日

　　清明前后梨花渐谢，春暮之感日益逼人。它洁白、轻薄，凋零时格外惨淡。许多宫怨与闺怨诗词，都喜欢用梨花来譬喻女子，暗示她们美丽而短暂的青春即将过去。

　　本篇亦是这样的例子。黄昏是白天的结束，梨花是深春的结束。女主角的泪水，是好年华的结束。

◆ 金屋：华美之屋，在这里比喻女子居住的宫室。

元·钱选·梨花图卷

钱选是宋末元初画家，水平很高，尤其擅长设色。他的山水与花鸟画都极为淡雅可爱，三月份，我们已经欣赏过了他的《山居图》。如今，眼前这一枝梨花，楚楚动人。

两处

唐·韩偓

楼上澹山横，

楼前沟水清。

怜山又怜水，

两处总牵情。

　　韩偓小名冬郎，十岁能诗，是敏感而聪明的天才人物。这首小诗便可见出其才华：好风光触目可及，山青青，水泠泠。人在其间，满怀爱悦。他感到自己被牵绊在这美丽的人间，抛撇不下，竟生出一点惆怅——珍惜到极处，不知如何对待。只能反复地看看山，看看水，作首小诗赞美它们。

　　五言绝句如此短小，偏能写得绵密多情，非常动人。

明·陆治·春山溪阁图轴（局部）

　　陆治是明代中期的吴门画家，风格纤秀。画中有青山绿水，高树红花，正是一个风日晴美的春天。楼上的人正撅着屁股，倚着栏杆，"怜山又怜水"呢。

游云居寺赠
穆三十六地主

唐·白居易

乱峰深处云居路，

共蹋花行独惜春。

胜地本来无定主，

大都山属爱山人。

4月10日

读诗，要注意不同作者的风格差异。白居易的诗浅显，却可爱，有时还顺便讲些道理。许多话看似平实亲切，其实蕴含着前人没有说过的新意。这是他独特的本领。

晚春时节，他去云居寺游玩，看到游客们踏花而行，徜徉在山水与建筑之间，就愉快地对主人说：风景名胜之地，不必拘泥主客，因为山属于爱它的人。

◆ 穆三十六：即一位家族排行第三十六的穆姓人士。唐人喜以行第称人，因此唐诗的题目里，常有这样的称谓。

明·文震亨·唐人诗意图册·九

　　这套图册具有强烈的装饰意味，构图"扁平化"，不追求形象真实，树石人物造型都颇为古拙，又偏偏用色鲜艳，充满趣味。相应的，画家选取的诗篇也充满了闲情逸致。在诗意图的绘画传统中，这一套非常引人注目，而这一页正是白居易此篇的诗意图。

游城南十六首·晚春

唐·韩愈

草树知春不久归，百般红紫斗芳菲。

杨花榆荚无才思，惟解漫天作雪飞。

4月11日

　　"草树知春不久归"，意思是春将归去，草木要趁着最后的好天气努力开花。杨花榆荚也在春风里着急，它们没有争奇斗艳的本领，只好急急忙忙地飞成一片。如果你有在北方过春天的经验，当曾见过路边滚成雪团的杨絮球儿。那是这首诗最好的注释。

　　读诗，有一个绕不过去的话题，便是"作者未必然，读者未必不然"。譬如此篇，到底只是晚春的实景呢，还是借物喻人？韩愈的想法已不可确知，我们只能自行理解。如果是后者的话，那么"杨花榆荚"，是譬喻什么样的人呢？也许读者可以自己寻找一个答案。

明·沈士充·仿古山水图册·六

　　红白黄蓝各色花朵，漫山遍野，竭力开放。这正是画家笔下的"百般红紫斗芳菲"。

大林寺桃花

唐·白居易

人间四月芳菲尽，山寺桃花始盛开。

长恨春归无觅处，不知转入此中来。

　　那个亲切又爱讲道理的白居易又来了。暮春时节，水流花谢，本来是最令人惆怅的时候。可是山林中别有洞天：大林寺在庐山之中，地气寒凉，花开得晚。城市里繁花落尽之际，那里的桃花才刚开放。原来从红尘中逃走的春意，悄悄躲到这里来了。

　　通常而言，近体诗讲究"起承转合"。这首小诗却不循常例，一句一转，紧紧牵住读者的思绪。只要构思巧妙，区区小景也可以堆叠起许多波澜。

明·沈周·九月桃花图轴

秋天晴暖之际，气候与春日相近，有些"糊涂错乱"了的春花，确实还会再开。四月的山寺桃花，尚能使白居易欣然作诗。不知他若见到九月的桃花，会有怎样的新感慨？

花逢年二三月今年九月见芳英一枝
借得春光逗吴道东风不世情
沈启吉

九月无霜信桃枝见细英向寒情正发
得逼气偏生篱豸团瓜粉淡红佳丽
明窗华雅颃整天地本多情
沈周

惭愧君恩记未真苦风廿雨不胜
春条纱斛拯益脱规挥波长门
不见人
洁主谦

无题

唐·李商隐

相见时难别亦难，东风无力百花残。

春蚕到死丝方尽，蜡炬成灰泪始干。

晓镜但愁云鬓改，夜吟应觉月光寒。

蓬山此去无多路，青鸟殷勤为探看。

4月13日

　　暮春时节，熊熊燃烧的爱，让人甘愿像春蚕吐丝，蜡烛燃烧，为这爱情牺牲自己，直到最后一刻。离别之苦难以言表，它令人寒冷，催人衰老。这都是人的主观感受，却强加于自然现象之上，遂使月光寒凉，东风无力。未来是否可期？至少要抱着希望。李商隐盼望着神话中的青鸟真正飞来，载着他飞向仙山，再见故人。

　　读这首诗，总觉得热烈之余还有哀痛。人心最复杂难解，语言到不了思维深处，也许它因此才只能叫做《无题》。

◆ 青鸟：即青鸾，传说中，它是凤凰一类的神鸟。住在蓬莱仙境的西王母，身边有三只青鸟。李商隐把他的爱人比作王母，因此希望青鸟帮忙捎带信息。

宋·佚名·仙女乘鸾图页

画上的仙女乘着青鸾，正要飞到仙山去。

暮春归故山草堂

唐·钱起

谷口春残黄鸟稀，辛夷花尽杏花飞。

始怜幽竹山窗下，不改清阴待我归。

　　绝句篇幅短小，准确用字往往有事半功倍的效果。开头两句中，精准地使用了"残""稀""尽""飞"四字，便把春之将尽刻画无遗。此时再点出幽竹清阴之景，就格外使人眼目清明，精神一振。家乡之亲切也就不必费辞了。

清·方琮·山水册·六

　　方琮是乾隆时期的宫廷画家，师从名家张宗苍。虽然整体成就不高，布局、用笔仍然中规中矩，是清中期宫廷山水的一种典型面貌。此幅墨笔山水，构图合理，浓淡相宜，已很不错。山坳云气之中，点缀着几间小屋，一个小人——他正在二楼窗口心满意足地看竹子。

汉江

唐·杜牧

溶溶漾漾白鸥飞，绿净春深好染衣。

南去北来人自老，夕阳长送钓船归。

4月15日

　　古人行旅，无非是南船北马，因此咏山与咏水的诗词都格外多。读多了，会觉得到处风景都依稀相似，江水和春风年年依旧。

　　所以，要在这些几乎同题的作品中，注意寻找每一位诗人独特之处。杜牧的语言清新富丽，且兼思绪悠长，写景时也能抛出一两根线头。倘若读者抓住了，就知道从何入手去体味诗意。

　　他说，在那明净澄澈的春江上，有两种行人。一种匆匆渡水，经年来往，不作停留；另一种天天乘着小船儿来到江心，在好风景里放下丝线，静静垂钓，黄昏就自在归航。

　　我们接过线头，立刻明白：杜牧应该是行客，他在暮春中羡慕他人。

明·文徵明·江南春图轴

文徵明是明四家之一，艺术水平高超，风格变化也多。本幅图轴高而且窄，与上月所见的《雨余春树》相近。因此画面构图分为数段。最远处是青山，中部有坡陀草树，近处两株高树下，暂停着一艘小船。画是设色，山清水秀，树是深深浅浅的各种绿色。红衣小人儿端坐在船上。不知他是行客匆匆而过，还是闲人在此久久游赏。

落花

唐·李商隐

高阁客竟去，小园花乱飞。

参差连曲陌，迢递送斜晖。

肠断未忍扫，眼穿仍欲归。

芳心向春尽，所得是沾衣。

4月16日

　　这是一首非常素净而悲哀的诗。全篇不用典故，只以白描之笔写落花，说它飘飘悠悠铺满了小路，飞飞停停送走了夕阳。看花的人伤心了，不忍把它扫掉；花也伤心了，眼巴巴地想要回到枝头。人与花都在暮春里凋谢了芳心，只剩下泪落沾衣。

　　我们很想知道他为何如此难过，想知道那春暮的眼泪是否只为花而流。其实答案是有的，只因含蓄而一笔带过——"高阁客竟去"，原来眷恋的人和花一样，已经不肯回头。

清·王素·红楼梦人物图扇页·黛玉葬花

　　《红楼梦》诞生以后，清代的读者们很快接受了它。其中的典型人物，不断被歌咏，被描摹。黛玉葬花，满心都是生命易逝的悲哀，正与李商隐的惜花之情一样宛转可哀。

三日寻李九庄

唐·常建

雨歇杨林东渡头，永和三日荡轻舟。

故人家在桃花岸，直到门前溪水流。

上巳，是古代的一个节日。汉以前以农历三月上旬巳日为"上巳"，魏晋以后定为三月三日。自东晋永和九年（353），少长群贤修禊兰亭，王羲之写下《兰亭集序》，这个日子就在民俗之外，又有了历史与文学的意义。兰亭雅集是古代文人世界里最为重要的典故之一。常建只是恰巧在这一天去看望朋友，也不免因为碰巧赶上节日而喜悦。

这是一首耿直痛快的诗。韵脚轻俏，一气呵成。他老老实实地写尽了普通人的快乐：亘古不变的好天气，好节日里，依然有好树木，好桃花，好流水，以及就要见面的好朋友。

清·罗聘·山水人物图册·二

　　"故人家在桃花岸，直到门前溪水流。"小人儿已经下了船，正要过桥。河岸边开满了桃花。

金谷园

唐·杜牧

繁华事散逐香尘，

流水无情草自春。

日暮东风怨啼鸟，

落花犹似坠楼人。

　　石崇是西晋著名的权臣与富豪，晚年卷入八王之乱，另一位权臣孙秀向他索要爱妾绿珠。石崇不肯，因而得罪了孙秀。拘索者来到他家时，绿珠从金谷园中高楼上跃下自杀，而石崇阖家亦不能幸免，都死在这场权力斗争里。杜牧重访金谷，是在暮春时节。鲜活的生命曾经一跃而下，他觉得眼前的落花正如不能主宰命运的可怜人。

　　依然是典型的小杜七绝，文辞富丽，写景精准。不过，在这首诗里，最可贵的是理解之同情。

◆ 金谷园：西晋石崇的别墅。遗址在今洛阳附近。

绿珠
繁华事散逐香尘
流水无情草自春
日暮东风怨啼鸟
落花犹似坠楼人

明·佚名·千秋绝艳图卷·绿珠

《千秋绝艳图卷》，是一套著名的长卷，画中描绘了四十位流传青史的女性形象。当然，明代人无法脱离自己生活的常识去想象古代女性，因此她们的服饰都接近明代式样。

绿珠抱着石崇家的珊瑚树，位列其中。

谢中上人寄茶

唐·齐己

春山谷雨前，并手摘芳烟。

绿嫩难盈笼，清和易晚天。

且招邻院客，试煮落花泉。

地远劳相寄，无来又隔年。

读古诗词，要注意古今之间的区别。不同的观念建立时间有早有晚。比如说，"明前茶""雨前茶"，在唐诗中并不格外突出。清明谷雨前后，确实是采茶的季节，但它的价值是被后人慢慢追认的。

每到采茶季，山上风景十分美妙。人人头戴草帽，身挎竹篓，在茶垄间缓慢移动。因为只摘嫩叶，所以总是很难摘满一筐，可是天色很快向晚。把费尽心思采得的茶寄往远方，就真称得上"礼轻情意重"了。

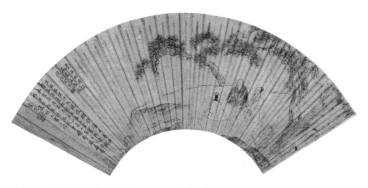

明·程嘉燧·虎丘松月试茶图扇页

　　月光下，松荫里，三人对坐饮茶。两个童儿在树下端杯烧火。真是个宁谧可爱的夜晚啊。

谷雨

初候，萍始生。

水面上的世界越来越富有生机。

不过，若说浮萍都得等到谷雨才长出来，也不尽然。『淑气催黄鸟，晴光转绿萍』，可是早春的诗啊！

二候，鸣鸠拂其羽。

布谷鸟叫着飞起来，羽毛相并。

古人相信它的叫声在呼唤雨水。那也确实是『农急』之时人们最渴望的东西。

三候，戴胜降于桑。

戴胜是一种头饰华美的鸟，看起来像戴着名叫『胜』的首饰，故而得名。它停落在桑树上，古人认为那是在提醒养蚕的妇女不要忘记劳作。

古人说，经典文献中的许多句子，自然就是诗。譬如，『鸣鸠拂其羽，戴胜降于桑』，天然合律，引人想象美丽的山野风光。

赏牡丹

唐·刘禹锡

庭前芍药妖无格，池上芙蕖净少情。

唯有牡丹真国色，花开时节动京城。

4月20日　谷雨

　　谷雨节后，牡丹花开。歌咏它的诗词何啻千百，可脍炙人口的名作总是那几篇。这一首在诗意上并不格外优秀。但它强烈的感染力，却是其他作品难以企及的。

　　作者直接批评了芍药和荷花，说它们都不够完美，只有牡丹才好。读者的兴致被高高吊起：牡丹到底美成什么样儿呢？作者又不肯直说了。他只说，那是人们最喜爱的花。它的开放是个轰动消息，整个京城将会万人空巷，人们争先恐后地围观它。

　　反衬、烘托，一正一反两套笔墨，把牡丹抬上了国花的王座。

清·李世倬·国色天香图轴

三枝牡丹相互映衬，雍容富丽，气象华美而不艳俗。"真国色"，当然要有一幅配得上它的好画儿。

暮春浐水送别

唐·韩琮

绿暗红稀出凤城，暮云楼阁古今情。

行人莫听宫前水，流尽年光是此声。

　　读诗，要注意观察诗人如何切题。"绿暗红稀"，便是暮春。"行人"，便是他要送的故人，"水"，便是浐水。题目中的每一个字，都在正文里得到呼应，才是一首饱满成熟的诗。何况还有楼阁宫殿，指出送别之地正在长安附近。

　　文人大抵敏感，说"古今情"，是因为作者知道送别是千古不变的主题：过去，现在，以后，一代代人总在这里看到暮春、黄昏、楼阁、流水，然后各自离去。说"莫听宫前水"，是因为时间如河水一样滔滔流去，无法中止。它和春天一起消逝，更将消耗在前方漫漫旅途中。

◆ 浐水：河流名，源出秦岭，至西安汇入灞水。

宋·佚名·五云楼阁图页

"暮云楼阁古今情"。

曲江二首·其二

唐·杜甫

朝回日日典春衣，每日江头尽醉归。

酒债寻常行处有，人生七十古来稀。

穿花蛱蝶深深见，点水蜻蜓款款飞。

传语风光共流转，暂时相赏莫相违。

　　一般认为此诗是乾元元年（758）暮春时候所作。那时安史之乱已稍稍平定，杜甫还朝任左拾遗。那时他还远远没到七十岁。这种情况下，在诗里说"人生七十古来稀"，便十分微妙，好像有"反正我也活不到这个岁数了，不如及时行乐吧"的赌气意味。

　　以"寻常"对"七十"，是一种借对：古时"八尺为寻、倍寻为常"，用计量单位对数目字，非常工整；而意思上"寻常"又作"平常"来解释，说走到哪儿都欠着酒债。看起来，杜甫在说，典当几件衣服换酒不算什么，欠了债也不算什么，片刻欢喜更值得珍惜。实际上，他觉得这一切都是"暂时"的。如蛱蝶蜻蜓暂来还去，如眼前春光，一去难回。

　　他的隐忧和哀恸，藏在了欢乐的字面背后。战乱甫定，谁敢相信局势真正已经稳定，王朝不会再一次风雨飘摇？

宋·佚名·海棠蛱蝶图页

宋人写真水准极高。"穿花蛱蝶深深见"，花里还有一阵轻风呢。

回中牡丹为雨所败两首·其二

唐·李商隐

浪笑榴花不及春，先期零落更愁人。

玉盘迸泪伤心数，锦瑟惊弦破梦频。

万里重阴非旧圃，一年生意属流尘。

前溪舞罢君回顾，并觉今朝粉态新。

　　每一种花都有大概开放的时节，谷雨前后，轮到了牡丹。一般认为这首诗是李商隐在泾原节度使幕中所作，既是咏花，也是感伤身世。他说：不要笑石榴花赶不上春光，开在初夏；暮春时凋谢的牡丹更令人忧伤。雨水让花瓣儿沉沉带泪，雨声又像繁弦锦瑟，惊醒了好梦。这阴沉沉的天底下，它早已远离故土。随着它的凋谢，一年春事也宣告结束。欣赏过歌舞再来看它，该是格外珍惜这般粉雕玉琢的姿态吧。

　　重阴、生意一联，古来传颂。因为诗人从花的命运里看到了自己的命运；他觉得自己也将在这看不到阳光的岁月里，远离故土，耗尽青春。

◆ 回中：古代地名，故址在今陕西陇县西北。

◆ 浪：莫，不要。浪笑，就是"不要笑"。

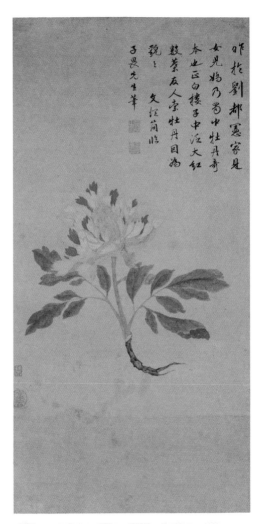

明·文从简·女儿娇图轴

"女儿娇",是一种牡丹花的名字。它的花瓣儿红白相间,色泽娇艳,端然是"粉态新"。

登楼望水

唐·顾况

鸟啼花发柳含烟，掷却风光忆少年。

更上高楼望江水，故乡何处一归船。

这是一首不循常理的七言绝句。每一句都在超越前一句，使诗的气势越来越强，又从最昂扬的地方跌落下来。

第一句写春日景色，生机勃勃，万象更新。第二句立刻转折：好风景并不值得留恋，不如抛下它，怀念自己的青春时代。第三句再作一折：青春也并不值得长久地想，我还是上高楼去看看江水吧——这句诗是在点题。随着作者登上高楼的脚步，我们也期待起来：那楼上有什么值得看的，让他这样不管不顾，一心向上？第四句是个答案：比风光更美，比青春更好的，是家乡。我在楼上眺望，可看不见它。我想知道，哪一只江船，才能送我回家？

清·高简·山水图册·一

　　近处垂柳如烟，远处红花成簇。青的山，黄的岸，深色的石头，湛然的江水。在这样澄澈可爱的风景里，小人儿独自临水而坐。可是没有船来送他回家。

流莺

唐·李商隐

流莺漂荡复参差，度陌临流不自持。

巧啭岂能无本意，良辰未必有佳期。

风朝露夜阴晴里，万户千门开闭时。

曾苦伤春不忍听，凤城何处有花枝。

这首诗作于宣宗大中三年（849）春，此时李商隐在长安暂充京兆府掾属。莺儿飞来飞去，居无定所。它的歌声本来自有意味，人们却总觉得那是在预告佳期。它啼遍了朝朝暮暮，飞到了千家万户。听它的人感到忧愁，忍不住想：这城市哪里有它栖息之所？

咏物诗多有弦外之音。飞来飞去的小鸟儿，无枝可依，苦苦歌唱，分明像李商隐本人。或者说，正是像他这样敏感多思的人，才能把感情投射到外物上，与它们同欢乐，共衰愁。

◆ 自持：自己掌握。

清·郎世宁·仙萼长春图册·十二

　　经努力辨认，初步认为郎世宁画儿里这两位正是莺——感谢这位传教士画家的西法写实。

绝句二首·其二

唐·杜甫

江碧鸟逾白，

山青花欲燃。

今春看又过，

何日是归年。

　　五言绝句空间有限，诗人们各逞所能。像王维那样全作白描，固然有很好的效果；杜甫直抒胸臆，也同样可以震撼人心。

　　暮春里，他看见绿水上鲜明的白鸟，青山上火红的花。写景并不总是为了抒情，而在这首诗里确实是。两小句，十个字，便显得春天来势汹汹，并且韶华盛极，马上要走向凋零。杜甫因时间流逝而感到强烈的惶恐和寂寞。到底还要再等多久？到底此生还能不能等到？他想离开这里，回到家乡，去看记忆中的春天。

明·姚绶·三绝图册·六

　　白鸟，红花，青山，绿水，画上一一呈现；当然也有一个孤独的看花人。

清平调三首·其三

唐·李白

名花倾国两相欢，常得君王带笑看。

解释春风无限恨，沉香亭北倚栏杆。

把名花与美人相提并论，构思并不新鲜。要想不露痕迹地烘托出杨贵妃更美，还需要巧妙的借力。君王喜爱她，已是题中应有之义，不必多作发挥了。连春风都妒恨她的美丽，才算得上真正的倾城倾国。

美人最可爱处，在于美而不自知。她什么都没有做，只是在春光里，花丛中，随意靠上栏杆。

清·袁江·沉香亭图轴

　　袁江是清初著名的界画家。所谓界画，指亭台楼阁等工细的建筑，在传统的绘画科中专属一门。画中正是一座沉香亭，许多小人儿在其中开筵奏乐。

淮上与友人别

唐·郑谷

扬子江头杨柳春，杨花愁杀渡江人。

数声风笛离亭晚，君向潇湘我向秦。

　　唐人送别诗佳作迭出，而这一首格外漂亮。虽然离别双方都满怀眷恋，却又干脆果断，能够直面现实。它把小小的离别场景写得宏大，让人觉得未来还会有许多新故事，充满偶然性的人生，也依然值得期待。

　　杨柳不能留住行舟，杨花在风笛声中飞舞，两人从此各奔前路。后会难期，前途各异；江山无尽，地阔天长。

人家踩屐晒
新晴渔父
皎人浅沙船
我坐小舟
作月对
柳花
笛声
汀湖
老人
清湘

清·石涛·山水册·二

画中有杨柳长堤，界破了江水。两只小船儿，摇向
了不同的方向，"君向潇湘我向秦"。

蔷薇花

唐·杜牧

朵朵精神叶叶柔，雨晴香拂醉人头。

石家锦幛依然在，闲倚狂风夜不收。

在杜牧的绝句中，这首诗实在只能算是普通。它甚至没有用多少技巧，全部的文眼不过是一个比喻。

但这个比喻很生新。步障与蔷薇，是全然不相关的两样东西。乍读会觉得意外，并因此集中注意力，努力寻找它们的共同点。"锦"，颜色鲜艳。障，接连成片。蔷薇是一种藤本植物，园艺栽培时可以让它缘着篱笆攀缘，搭成长长的一架。如此便可以明白了：杜牧所咏的是一大片蔷薇花。而且，这步障可比石崇的更高级呢，一夜狂风也吹不乱它。

◆ 石家锦幛：西晋富豪石崇曾与晋武帝的舅父王恺比富，王恺做了四十里的紫丝布步障，石崇便做五十里的锦步障。步障，是用以遮蔽风尘或视线的屏幕。

明·陆治·蔷薇图扇页

　　如果对古诗词和古代绘画都有一些了解，就会知道：古人所爱的花卉，常常是相似的。跨越了几百年的时空，他们喜爱的仍是同一些植物。蔷薇花就这样从诗里走到画中。

惜花

唐·任翻

无语与花别，

细看枝上红。

明年又相见，

还恐是愁中。

　　天气和暖，轻风细雨，落尽芳菲。既说明年相见还怕含愁，可知此时也一样难过。只是含情脉脉，说不清，道不得，不如缄口凝眸，好好记住花开的样子。

　　自然节律不会更改，可人生难免有情。许多诗都在谈论这一对矛盾。同一机杼，各自表达，但万变不离其宗。

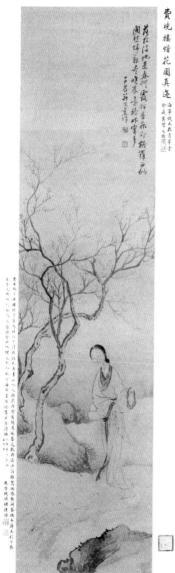

清·费丹旭·惜花图轴

零星几点落花，引得姑娘垂头注目。如同花儿在诗里和画上开了几百年，惜花的心情也是相通的，从唐到清。

江南逢李龟年

唐·杜甫

岐王宅里寻常见，崔九堂前几度闻。

正是江南好风景，落花时节又逢君。

　　李龟年是唐代著名的歌唱家，开元时期（713—741），他出入王公将相之家，为他们演唱歌曲。杜甫那时颇受赏识，也曾在这些宅邸中听过他唱歌。开篇两句以对仗笔法，引出岐王和崔九，正是一种暗示，说明李氏的技艺高妙，曾经吸引过许多王侯贵族。

　　安史之乱以后，杜甫流落到长沙一带，李龟年也漂泊于江南，他们又一次相见。"落花时节"，便显得含义深刻：它既是一个真实的时间节点，又像是对整个王朝命运的暗示。"又逢君"，更有沉沉余韵：劫后余生，往日繁华都如梦寐，三言两语不足以回忆——也实在太痛苦了，不如急刹车，打住再说。

◆　岐王：唐玄宗李隆基弟李范。
◆　崔九：中书令崔湜弟崔涤，在兄弟中排行第九。崔姓是当时显赫的大姓之一。

清·石涛·山水册·八

　　一片青山绿水里，两个小人儿相见了。

使东川·西县驿

唐·元稹

去时楼上清明夜，月照楼前撩乱花。

今日成阴复成子，可怜春尽未还家。

元稹于元和五年（810）出使东川，留下了《使东川十九首》。这一组诗清新自然，不假雕饰，写遍了嘉陵江畔的人与景，虽非唐诗中最著名的篇章，却也十分可爱，是"读其诗而想见其人"的作品。这一首情绪略微低落，因为出门太久，他在想家。

四句诗用尽全力，递进转折，反复强调时间与空间。一年过后，又到了春尽时分。这是不变的自然节律。而去年刚刚出门远行的人呢，今年此刻却来不及回家去。这是变动不居的人生。如果我们读诗的经验较多，就会知道，这种在对比中见意的手法十分常见，并且总是有效。因为每个人都会在时空中留下记忆。

◆ 东川：唐代的行政区划。辖区大致包括今四川三台、中江、安岳、遂宁及重庆市等地。

清·邹一桂·花卉图册·五

　　月下的花枝，曾经牵动元稹的归思。

忆东山二首·其一

唐·李白

不向东山久，

蔷薇几度花。

白云还自散，

明月落谁家。

3月3日

　　五绝短小，一句话只能说一个意思。李白取了一种最聪明的写法：他回忆东山风貌，让诗笔随着思绪走。句子之间联系松散，却因为《忆东山》的题目管住了读者，大家都知道那是诗人的"意识流"。

　　有一处好地方叫东山，山里开遍了蔷薇，那是春末夏初的花。山顶上飘荡着白云，天空中挂着月亮。整个视线越抬越高，最后猛然落了下来。是月光，也是暗喻。李白在问：我不在时，好风景，有谁看？

　　在小诗里使用问句，往往能勾起读者的思绪。如果大家读的诗篇略多，此时应该能想起另一首异曲同工的作品，末句为"不知秋思落谁家"。中秋那天，我们会读到它。

清·李鱓·蔷薇花图轴

不同时代的艺术家，有不同的知识背景和趣味偏好。他们面对不同的需求，使用不同尺寸和材质的媒介来作画，所以作品面貌天差地别。四月末，我们在陆治的扇面上见过沉静娟秀的折枝蔷薇。如今，李鱓又展现了自由生长、狂放不羁的大花和乱叶。在欣赏艺术作品的时候，请务必抛开个人偏好，相信它们都有自己高妙的一面。

新荷

唐·李咸用

田田八九叶，散点绿池初。

嫩碧才平水，圆阴已蔽鱼。

浮萍遮不合，弱荇绕犹疏。

半在春波底，芳心卷未舒。

　　荷花盛开人所共见，而新叶初生时"水面清圆"的样子，却不总是能得到注意。要做个好诗人，就得有从细微处发现诗料的好眼光。

　　它与浮萍、荇菜一起长大，圆润而碧绿。若观察仔细，还可看到叶缘未曾褪尽的一点暗淡水红色。池面上只冒出几片，更多的叶子还在水底下努力生长，芳心暗卷，未及展开。恰像一个新的季节，正要来临。

◆　荇 [xìng]：一种植物，根生于水底，叶浮在水上，夏天开黄花。

清·沈琅·山水册页

水边一湾新荷叶。